新 潮 文 庫

中原中也詩集

吉田凞生編

新 潮 社 版

6456

目次

山羊の歌

未刊詩篇

中原中也詩集

山羊の歌

初期詩篇

春の日の夕暮

トタンがセンベイ食べて
春の日の夕暮は穏かです
アンダースローされた灰が蒼《あを》ざめて
春の日の夕暮は静かです

吁《ああ》！　案山子《かかし》はないか――あるまい
馬嘶《いなな》くか――嘶きもしまい
ただただ月の光のヌメランとするまゝに
従順なのは　春の日の夕暮か

ポトホトと野の中に伽藍は紅く

荷馬車の車輪　油を失ひ
私が歴史的現在に物を云へば
嘲《あざけ》る嘲る　空と山とが

瓦が一枚　はぐれました
これから春の日の夕暮は
無言ながら　前進します
自《みづか》らの　静脈管の中へです

月

今宵月はいよよ愁しく、
養父の疑惑に瞳を睜《みは》る。
秒刻《とき》は銀波を砂漠に流し
老男《らうなん》の耳朶《じだ》は蛍光をともす。

あゝ忘られた運河の岸堤
胸に残つた戦車の地音
銹《さ》びつく鑵の煙草とりいで
月は懶《ものう》く喫つてゐる。

それのめぐりを七人の天女は
趾頭舞踊しつづけてゐるが、
汚辱に浸る月の心に

なんの慰愛もあたへはしない。
遠《をち》にちらばる星と星よ！
おまへの劊手《そうしゆ》を月は待つてる

サーカス

幾時代かがありまして
　茶色い戦争ありました

幾時代かがありまして
　冬は疾風吹きました

幾時代かがありまして
　今夜此処《ここ》での一《ひ》と殷盛《さか》り
　　今夜此処での一と殷盛り

サーカス小屋は高い梁《はり》
　そこに一つのブランコだ
見えるともないブランコだ

頭倒《さか》さに手を垂れて
　汚れ木綿の屋蓋《やね》のもと
ゆあーん　ゆよーん　ゆやゆよん

それの近くの白い灯が
　安値《やす》いリボンと息を吐き

観客様はみな鰯
　咽喉《のんど》が鳴ります牡蠣殻《かきがら》と
ゆあーん　ゆよーん　ゆやゆよん

　屋外《やぐわい》は真ッ闇《くら》　闇《くら》の闇《くら》
　夜は劫々《こふこふ》と更けまする
落下傘《らくかがさ》奴《め》のノスタルヂアと
ゆあーん　ゆよーん　ゆやゆよん

春の夜

燻銀《いぶしぎん》なる窓枠の中になごやかに
　一枝の花、桃色の花。

月光うけて失神し
　庭《には》の土面《つちも》は附黒子《つけぼくろ》。

あゝこともなしこともなし
　樹々よはにかみ立ちまはれ。

このすゞろなる物の音《ね》に
　希望はあらず、さてはまた、懺悔もあらず。

山虔《つつま》しき木工のみ、
　夢の裡《うち》なる隊商のその足並もほのみゆれ。
窓の中《うち》にはさはやかの、おぼろかの
　砂の色せる絹衣《ごろも》。
かびろき胸のピアノ鳴り
　祖先はあらず、親も消《け》ぬ。
埋みし犬の何処《いづく》にか、
　蕃紅花色《さふらんいろ》に湧きいづる
　　春の夜や。

朝の歌

天井に　朱《あか》きいろいで
戸の隙を　洩れ入る光、
鄙《ひな》びたる　軍楽の憶ひ
手にてなす　なにごともなし。

小鳥らの　うたはきこえず
空は今日　はなだ色らし、
倦《う》んじてし　人のこころを
諫《いさ》めする　なにものもなし。

樹脂《じゆし》の香に　朝は悩まし
うしなひし　さまざまのゆめ、
森並は　風に鳴るかな

ひろごりて　たひらかの空、
　土手づたひ　きえてゆくかな
うつくしき　さまざまの夢。

臨終

秋空は鈍色《にびいろ》にして
黒馬の瞳のひかり
　水涸れて落つる百合花
あゝ　こころうつろなるかな

神もなくしるべもなくて
窓近く婦《をみな》の逝きぬ
　白き空盲《めし》ひてありて

白き風冷たくありぬ

窓際に髪を洗へば
その腕の優しくありぬ
朝の日は澪《こぼ》れてありぬ
水の音したたりてゐぬ

町々はさやぎてありぬ
子等の声もつれてありぬ
しかはあれ　この魂はいかにとなるか?
うすらぎて　空となるか?

都会の夏の夜

月は空にメダルのやうに、

街角《まちかど》に建物はオルガンのやうに、
遊び疲れた男どち唱ひながらに帰つてゆく。
——イカムネ・カラアがまがつてゐる——

その脣《くちびる》は胠《ひら》ききつて
その心は何か悲しい。
頭が暗い土塊になつて、
ただもうラアラア唱つてゆくのだ。

商用のことや祖先のことや
忘れてゐるといふではないが、
都会の夏の夜《よる》の更《ふけ》——

死んだ火薬と深くして
眼に外燈の滲みいれば
ただもうラアラア唱つてゆくのだ。

秋の一日

こんな朝、遅く目覚める人達は
戸にあたる風と轍《わだち》との音によつて、
サイレンの棲む海に溺れる。

夏の夜の露店の会話と、
建築家の良心はもうない。
あらゆるものは古代歴史と
花崗岩のかなたの地平の目の色。

今朝はすべてが領事館旗のもとに従順で、
私は錫《しやく》と広場と天鼓のほかのなんにも知らない。
軟体動物のしやがれ声にも気をとめないで、

紫の蹲《しやが》んだ影して公園で、乳児は口に砂を入れる。

（水色のプラットホームと
躁《はしや》ぐ少女と嘲笑《あざわら》ふヤンキイは
いやだ　いやだ！）

ぽけつとに手を突込んで
路次を抜け、波止場に出でて
今日の日の魂に合ふ
布切屑《きれくづ》をでも探して来よう。

黄昏

渋つた仄暗《ほの》い池の面《おもて》で、
寄り合つた蓮の葉が揺れる。

蓮の葉は、図太いので
こそこそとしか音をたてない。

音をたてると私の心が揺れる、
目が薄明るい地平線を逐《お》ふ……
黒々と山がのぞきかかるばつかりだ
――失はれたものはかへつて来ない。

なにが悲しいつたつてこれほど悲しいことはない
草の根の匂ひが静かに鼻にくる、
畑の土が石といつしよに私を見てゐる。

――竟《つひ》に私は耕やさうとは思はない！
ぢいつと茫然黄昏《ぼんやりたそがれ》の中に立つて、
なんだか父親の映像が気になりだすと一歩二歩歩みだすばかりです

深夜の思ひ

これは泡立つカルシウムの
乾きゆく
急速な——頑ぜない女の児の泣声だ、
鞄屋の女房の夕《ゆふべ》の鼻汁だ。

林の黄昏《たそがれ》は
擦《かす》れた母親。
虫の飛交ふ梢のあたり、
舐子《おしやぶり》のお道化た踊り。

波うつ毛の猟犬見えなく、
猟師は猫背を向ふに運ぶ。
森を控へた草地が

坂になる！

黒き浜辺にマルガレエテが歩み寄する
ヴェールを風に千々にされながら。
彼女の肉《しし》は跳び込まねばならぬ、
厳《いか》しき神の父なる海に！

崖の上の彼女の上に
精霊が怪しげなる条《すぢ》を描く。
彼女の思ひ出は悲しい書斎の取片附け
彼女は直きに死なねばならぬ。

冬の雨の夜

冬の黒い夜をこめて

どしやぶりの雨が降つてゐた。
——夕明下《ゆふあかりか》に投げいだされた、萎《しを》れ大根《だいこ》の陰惨さ、
あれはまだしも結構だつた——
今や黒い冬の夜をこめ
どしやぶりの雨が降つてゐる。
亡き乙女達の声さへがして
aé ao, aé ao, éo, aéo éo!
　その雨の中を漂ひながら
いつだか消えてなくなつた、あの乳白の脬嚢《へうなう》たち……
今や黒い冬の夜をこめ
どしやぶりの雨が降つてゐて、
わが母上の帯締めも
雨水《うすい》に流れ、潰れてしまひ、
人の情けのかずかずも
竟《つひ》に蜜柑の色のみだつた?……

帰郷

柱も庭も乾いてゐる
今日は好い天気だ
　椽の下では蜘蛛《くも》の巣が
　心細さうに揺れてゐる

山では枯木も息を吐く
あゝ今日は好い天気だ
　路傍《ばた》の草影が
　あどけない愁《かなし》みをする

これが私の故里《ふるさと》だ
さやかに風も吹いてゐる
　心置なく泣かれよと

　年増婦《としま》の低い声もする
あゝ　おまへはなにをして来たのだと……
吹き来る風が私に云ふ

凄じき黄昏

捲き起る、風も物憂き頃ながら、
草は靡《なび》きぬ、我はみぬ、
遐《とほ》き昔の隼人《はやと》等を。

銀紙《ぎんがみ》色の竹槍の、
汀《みぎは》に沿ひて、つづきけり。
――雑魚《ざこ》の心を侫《たの》みつつ。

吹く風誘はず、地の上の
敷きある屍《かばね》——
空、演壇に立ちあがる。

家々は、賢き陪臣、
ニコチンに、汚れたる歯を押匿《おしかく》す。

逝く夏の歌

並木の梢が深く息を吸つて、
空は高く高く、それを見てゐた。
日の照る砂地に落ちてゐた硝子《ガラス》を、
歩み来た旅人は周章《あわ》てて見付けた。

山の端は、澄んで澄んで、

金魚や娘の口の中を清くする。
飛んでくるあの飛行機には、
昨日私が昆虫の涙を塗つておいた。

風はリボンを空に送り、
私は嘗《かつ》て陥落した海のことを
その浪のことを語らうと思ふ。

騎兵聯隊や上肢の運動や、
下級官吏の赤靴のことや、
山沿ひの道を乗手《のりて》もなく行く
自転車のことを語らうと思ふ。

悲しき朝

河瀬の音が山に来る、
春の光は、石のやうだ。
筧《かけひ》の水は、物語る
白髪の媼《をうな》にさも肖《に》てる。

雲母の口して歌つたよ、
背《うし》ろに倒れ、歌つたよ、
心は涸《か》れて皺《しわ》枯《が》れて、
巌《いはほ》の上の、綱渡り。

知れざる炎、空にゆき！

響の雨は、濡れ冠る！

……………
われかにかくに手を拍《たた》く……

夏の日の歌

青い空は動かない、
雲片《ぎれ》一つあるでない。
　夏の真昼の静かには
　タールの光も清くなる。

夏の空には何かがある、
いぢらしく思はせる何かがある、
　焦げて図太い向日葵《ひまはり》が

田舎の駅には咲いてゐる。

上手に子供を育てゆく、
母親に似て汽車の汽笛は鳴る。
山の近くを走る時。

山の近くを走りながら、
母親に似て汽車の汽笛は鳴る。
夏の真昼の暑い時。

夕照

丘々は、胸に手を当て
退けり。
落陽は、慈愛の色の

金のいろ。

原に草、
鄙唄《ひなうた》うたひ
山に樹々、
老いてつましき心ばせ。

かゝる折しも我ありぬ
小児に踏まれし
貝の肉。

かゝるをりしも剛直の、
さあれゆかしきあきらめよ
腕拱《く》みながら歩み去る。

港市の秋

石崖に、朝陽が射して
秋空は美しいかぎり。
むかふに見える港は、
蝸牛《かたつむり》の角でもあるのか

町では人々煙管《きせる》の掃除。
甍《いらか》は伸びをし
空は割れる。
役人の休み日――どてら姿だ。
『今度生れたら……』
海員が唄ふ。
『ぎーこたん、ばつたりしよ……』

狸婆々がうたふ。

港《みなと》の市《まち》の秋の日は、
大人しい発狂。
私はその日人生に、
椅子を失くした。

ためいき

河上徹太郎に

ためいきは夜の沼にゆき、
瘴気《しやうき》の中で瞬きをするであらう。
その瞬きは怨めしさうにながれながら、パチンと音を立てるだらう。
木々が若い学者仲間の、頸《くび》すぢのやうであるだらう。

夜が明けたら地平線に、窓が開《あ》くだらう。

荷車を挽いた百姓が、町の方へ行くだらう。
ためいきはなほ深くして、
丘に響きあたる荷車の音のやうであるだらう。

野原に突出た山ノ端の松が、私を看守つてゐるだらう。
それはあつさりしてても笑はない、叔父さんのやうであるだらう。
神様が気層の底の、魚《さかな》を捕つてゐるやうだ。

空が曇つたら、蝗螽《いなご》の瞳が、砂土の中に覗くだらう。
遠くに町が、石灰みたいだ。
ピョートル大帝の目玉が、雲の中で光つてゐる。

春の思ひ出

摘み溜めしれんげの華を

夕餉《ゆふげ》に帰る時刻となれば
立迷ふ春の暮《ぼ》靄《あい》の
　土の上《へ》に叩きつけ

いまひとたびは未練で眺め
　さりげなく手を拍きつつ
路の上《へ》を走りてくれば
　（暮れのこる空よ！）

わが家へと入りてみれば
　なごやかにうちまじりつつ
秋の日の夕陽の丘か炊煙か
　われを暈《くる》めかすもののあり

　古き代の富みし館《やかた》の
カドリール　ゆらゆるスカーツ

カドリール　ゆらゆるスカーツ
何時の日か絶えんとはする　カドリール！

秋の夜空

これはまあ、おにぎはしい、
みんなてんでなことをいふ
それでもつれぬみやびさよ
いづれ揃つて夫人たち。
　下界は秋の夜といふに
上天界のにぎはしさ。

すべすべしてゐる床《ゆか》の上、
金のカンテラ点いてゐる。
小さな頭、長い裳裾《すそ》、

椅子は一つもないのです。
　下界は秋の夜といふに
上天界のあかるさよ。

ほんのりあかるい上天界
遐《とほ》き昔の影祭、
しづかなしづかな賑はしさ
上天界の夜《よる》の宴。
　私は下界で見てゐたが、
知らないあひだに退散した。

　宿酔

朝、鈍い日が照つてて
　風がある。

千の天使が
　バスケットボールする。
私は目をつむる、
　かなしい酔ひだ。
もう不用になつたストーヴが
　白つぽく銹《さ》びてゐる。

朝、鈍い日が照つてて
　風がある。
千の天使が
　バスケットボールする。

少年時

少年時

黝《あをぐろ》い石に夏の日が照りつけ、
庭の地面が、朱色に睡つてゐた。

地平の果に蒸気が立つて、
世の亡ぶ、兆《きざし》のやうだつた。

麦田には風が低く打ち、
おぼろで、灰色だつた。

翔びゆく雲の落とす影のやうに、
田の面《も》を過ぎる、昔の巨人の姿——

夏の日の午過《ひる》ぎ時刻
誰彼の午睡《ひるね》するとき、
私は野原を走つて行つた……

私は希望を唇に嚙みつぶして
私はギロギロする目で諦めてゐた……
噫《ああ》、生きてゐた、私は生きてゐた！

盲目の秋

I

風が立ち、浪が騒ぎ、
無限の前に腕を振る。

その間《かん》、小さな紅《くれなゐ》の花が見えはするが、
　それもやがては潰れてしまふ。

風が立ち、浪が騒ぎ、
　無限のまへに腕を振る。

もう永遠に帰らないことを思つて
　酷白な嘆息するのも幾たびであらう……

私の青春はもはや堅い血管となり、
　その中を曼珠沙華《ひがんばな》と夕陽とがゆきすぎる。

それはしづかで、きらびやかで、なみなみと湛《たた》へ、
　去りゆく女が最後にくれる笑《ゑま》ひのやうに、

厳《おごそ》かで、ゆたかで、それでゐて佗しく
　異様で、温かで、きらめいて胸に残る……
　　あゝ、胸に残る……

風が立ち、浪が騒ぎ、
　無限のまへに腕を振る。

Ⅱ

これがどうならうと、あれがどうならうと、
そんなことはどうでもいいのだ。

これがどういふことであらうと、それがどういふことであらうと、
そんなことはなほさらどうだつていいのだ。

人には自恃《じじ》があればよい！

その余はすべてなるまゝだ……

自恃だ、自恃だ、自恃だ、自恃だ、
ただそれだけが人の行ひを罪としない。

平気で、陽気で、藁束《わらたば》のやうにしむみりと、
朝霧を煮釜に塡《つ》めて、跳起きられればよい！

III

私の聖母《サンタ・マリヤ》！
　とにかく私は血を吐いた！……
おまへが情けをうけてくれないので、
　とにかく私はまゐつてしまつた……

それといふのも私が素直でなかつたからでもあるが、
　それといふのも私に意気地がなかつたからでもあるが、

私がおまへを愛することがごく自然だつたので、
　おまへもわたしを愛してゐたのだが……

おゝ！　私の聖母《サンタ・マリヤ》！
　いまさらどうしようもないことではあるが、
せめてこれだけ知るがいい――

ごく自然に、だが自然に愛せるといふことは、
　そんなにたびたびあることでなく、
そしてこのことを知ることが、さう誰にでも許されてはゐないのだ。

Ⅲ

せめて死の時には、
あの女が私の上に胸を披《ひら》いてくれるでせうか。
　その時は白粧をつけてゐてはいや、
その時は白粧をつけてゐてはいや。

ただ静かにその胸を披いて、
私の眼に輻射してゐて下さい。
　何にも考へてくれてはいや、
　たとへ私のために考へてくれるのでもいや。

ただはららかにはららかに涙を含み、
あたたかく息づいてゐて下さい。
——もしも涙がながれてきたら、

いきなり私の上にうつ俯して、
それで私を殺してしまつてもいい。
すれば私は心地よく、うねうねの暝土《よみぢ》の径を昇りゆく。

わが喫煙

おまへのその、白い二本の脛《あし》が、
夕暮、港の町の寒い夕暮、
によきによきと、ペエヴの上を歩むのだ。
店々に灯がついて、灯がついて、
私がそれをみながら歩いてゐると、
おまへが声をかけるのだ、
どつかにはいつて憩《やす》みませうよと。

そこで私は、橋や荷足《にたり》を見残しながら、
レストオランに這入るのだ――
わんわんいふ喧騒《どよもし》、むつとするスチーム、
さても此処は別世界。
そこで私は、時宜にも合はないおまへの陽気な顔を眺め、

　かなしく煙草を吹かすのだ、
一服、一服、吹かすのだ……

妹よ

夜、うつくしい魂は涕《な》いて、
——かの女こそ正当《あたりき》なのに——
夜、うつくしい魂は涕いて、
もう死んだつていいよう……といふのであつた。

湿つた野原の黒い土、短い草の上を
　夜風は吹いて、
死んだつていいよう、死んだつていいよう、と、
　うつくしい魂は涕くのであつた。

夜、み空はたかく、吹く風はこまやかに
——祈るよりほか、わたくしに、すべはなかつた……

寒い夜の自我像

きらびやかでもないけれど
この一本の手綱をはなさず
この陰暗の地域を過ぎる！
その志明らかなれば
冬の夜を我は嘆かず
人々の焦躁のみの愁《かな》しみや
憧れに引廻される女等の鼻唄を
わが瑣細なる罰と感じ
そが、わが皮膚を刺すにまかす。

蹌踉《よろ》めくままに静もりを保ち、
聊《いささ》かは儀文めいた心地をもつて
われはわが怠惰を諌《いさ》める
寒月の下を往きながら。

陽気で、坦々として、而《しか》も己を売らないことをと、
わが魂の願ふことであつた！

木蔭

神社の鳥居が光をうけて
楡《にれ》の葉が小さく揺すれる
夏の昼の青々した木蔭は
私の後悔を宥《なだ》めてくれる

暗い後悔　いつでも附纏ふ後悔
馬鹿々々しい破笑にみちた私の過去は
やがて涙つぽい晦瞑《くわいめい》となり
やがて根強い疲労となつた

かくて今では朝から夜まで
忍従することのほかに生活を持たない
怨みもなく喪心したやうに
空を見上げる私の眼《まなこ》——
神社の鳥居が光をうけて
楡の葉が小さく揺すれる
夏の昼の青々した木蔭は
私の後悔を宥めてくれる

失せし希望

暗き空へと消え行きぬ
　わが若き日を燃えし希望は。

夏の夜の星の如くは今もなほ
　遐《とほ》きみ空に見え隠る、今もなほ。

暗き空へと消えゆきぬ
　わが若き日の夢は希望は。

今はた此処に打伏して
　獣の如くは、暗き思ひす。

そが暗き思ひいつの日

晴れんとの知るよしなくて、
溺れたる夜《よる》の海より
空の月、望むが如し。

その浪はあまりに深く
その月はあまりに清く、

あはれわが若き日を燃えし希望の
今ははや暗き空へと消え行きぬ。

夏

血を吐くやうな　倦《もの》うさ、たゆけさ
今日の日も畑に陽は照り、麦に陽は照り

睡るがやうな悲しさに、み空をとほく
血を吐くやうな倦うさ、たゆけさ

空は燃え、畑はつづき
雲浮び、眩しく光り
今日の日も陽は炎《も》ゆる、地は睡る
血を吐くやうなせつなさに。

嵐のやうな心の歴史は
終焉《をは》つてしまつたもののやうに
そこから繰《たぐ》れる一つの緒《いとぐち》もないもののやうに
燃ゆる日の彼方に睡る。

私は残る、亡骸《なきがら》として——
血を吐くやうなせつなさかなしさ。

心象

I

松の木に風が吹き、
踏む砂利の音は寂しかつた。
暖い風が私の額を洗ひ
思ひははるかに、なつかしかつた。

腰をおろすと、
浪の音がひとときは聞えた。
星はなく
空は暗い綿だつた。

とほりかかつた小舟の中で

船頭がその女房に向つて何かを云つた。
——その言葉は、聞きとれなかつた。

浪の音がひときはきこえた。

Ⅱ

亡びたる過去のすべてに
涙湧く。
城の塀乾きたり
風の吹く

草靡《なび》く
丘を越え、野を渉《わた》り
憩ひなき
白き天使のみえ来ずや

あはれわれ死なんと欲す、
あはれわれ生きむと欲す
あはれわれ、亡びたる過去のすべてに

涙湧く。
み空の方より、
風の吹く

みちこ

そなたの胸は海のやう
おほらかにこそうちあぐる。
はるかなる空、あをき浪、
涼しかぜさへ吹きそひて
松の梢をわたりつつ
磯白々とつづきけり。

またなが目にはかの空の
いやはてまでもうつしゐて
並びくるなみ、渚《なぎさ》なみ、
いとすみやかにうつろひぬ。

みるとしもなく、ま帆片帆
沖ゆく舟にみとれたる。

またその額《ぬか》のうつくしさ
ふと物音におどろきて
午睡の夢をさまされし
牡牛のごとも、あどけなく
かろやかにまたしとやかに
もたげられ、さてうち俯しぬ。

しどけなき、なれが頸《うなじ》は虹にして
ちからなき、嬰児《みどりご》ごとき腕《かひな》して
絃《いと》うたあはせはやきふし、なれの踊れば、
海原はなみだぐましき金《きん》にして夕陽をたたへ
沖つ瀬は、いよとほく、かしこしづかにうるほへる
空になん、汝《な》の息絶ゆるとわれはながめぬ。

汚れつちまつた悲しみに……

汚れつちまつた悲しみに
今日も小雪の降りかかる
汚れつちまつた悲しみに
今日も風さへ吹きすぎる

汚れつちまつた悲しみは
たとへば狐の革裘《かはごろも》
汚れつちまつた悲しみは
小雪のかかつてちぢこまる

汚れつちまつた悲しみは
なにのぞむなくねがふなく

汚れつちまつた悲しみは
倦怠《けだい》のうちに死を夢む

汚れつちまつた悲しみに
いたいたしくも怖気づき
汚れつちまつた悲しみに
なすところもなく日は暮れる……

無題

I

こひ人よ、おまへがやさしくしてくれるのに、
私は強情だ。ゆふべもおまへと別れてのち、
酒をのみ、弱い人に毒づいた。今朝

目が覚めて、おまへのやさしさを思ひ出しながら
私は私のけがらはしさを歎いてゐる、そして
正体もなく、今茲《ここ》に告白をする、恥もなく、
品位もなく、かといつて正直さもなく
私は私の幻想に駆られて、狂ひ廻る。
人の気持をみようとするやうなことはつひになく、
こひ人よ、おまへがやさしくしてくれるのに
私は頑なで、子供のやうに我儘だつた！
目が覚めて、宿酔の厭《いと》ふべき頭の中で、
戸の外の、寒い朝らしい気配を感じながら
私はおまへのやさしさを思ひ、また毒づいた人を思ひ出す。
そしてもう、私はなんのことだか分らなく悲しく、
今朝はもはや私がくだらない奴だと、自《みづか》ら信ずる！

Ⅱ

彼女の心は真つ直い！

彼女は荒々しく育ち、
たよりもなく、心を汲んでも
もらへない、乱雑な中に
生きてきたが、彼女の心は
私のより真つ直いそしてぐらつかない。

彼女は美しい。わいだめもない世の渦の中に
彼女は賢くつつましく生きてゐる。
あまりにわいだめもない世の渦のために、
折に心が弱り、弱々しく躁ぎはするが、
而《しか》もなほ、最後の品位をなくしはしない
彼女は美しい、そして賢い！

嘗《かつ》て彼女の魂が、どんなにやさしい心をもとめてゐたかは！
しかしいまではもう諦めてしまつてさへゐる。
我利々々で、幼稚な、獣《けもの》や子供にしか、

彼女は出遇《であ》はなかつた。おまけに彼女はそれと識《し》らずに、
唯、人といふ人が、みんなやくざなんだと思つてゐる。
そして少しはいぢけてゐる。彼女は可哀想だ！

Ⅲ

かくは悲しく生きん世に、なが心
かたくなにしてあらしめな。
われはわが、したしさにはあらんとねがへば
なが心、かたくなにしてあらしめな。

かたくなにしてあるときは、心に眼《まなこ》
魂に、言葉のはたらきあとを絶つ
なごやかにしてあらんとき、人みなは生《あ》れしながらの
うまし夢、またそがことはり分ち得ん。

おのが心も魂も、忘れはて棄て去りて

悪酔の、狂ひ心地に美を索《もと》む
わが世のさまのかなしさや、

おのが心におのがじし湧きくるおもひもたずして、
人に勝《まさ》らん心のみいそがはしき
熱を病む風景ばかりかなしきはなし。

Ⅲ

私はおまへのことを思つてゐるよ。
いとほしい、なごやかに澄んだ気持の中に、
昼も夜も浸つてゐるよ、
まるで自分を罪人ででもあるやうに感じて。

私はおまへを愛してゐるよ、精一杯だよ。
いろんなことが考へられもするが、考へられても
それはどうにもならないことだしするから、

私は身を棄ててお前に尽さうと思ふよ。
またさうすることのほかには、私にはもはや
希望も目的も見出せないのだから
さうすることは、私に幸福なんだ。

幸福なんだ、世の煩《わづら》ひのすべてを忘れて、
いかなることとも知らないで、私は
おまへに尽せるんだから幸福だ！

Ｖ　幸福

幸福は厩《うまや》の中にゐる
藁《わら》の上に。
幸福は
和める心には一挙にして分る。

頑《かたく》なの心は、不幸でいらいらして、
せめてめまぐるしいものや
数々のものに心を紛らす。
そして益々《ますます》不幸だ。

幸福は、休んでゐる
そして明らかになすべきことを
少しづつ持ち、
幸福は、理解に富んでゐる。

頑なの心は、理解に欠けて、
なすべきをしらず、ただ利に走り、
意気消沈して、怒りやすく、
人に嫌はれて、自らも悲しい。

されば人よ、つねにまづ従はんとせよ。

従ひて、迎へられんとには非ず、
従ふことのみ学びとなるべく、学びて
汝が品格を高め、そが働きの裕《ゆた》かとならんため！

更くる夜

内海誓一郎に

毎晩々々、夜が更けると、近所の湯屋の
　水汲む音がきこえます。
流された残り湯が湯気となつて立ち、
　昔ながらの真つ黒い武蔵野の夜です。
おつとり霧も立罩《たちこ》めて
　その上に月が明るみます、
と、犬の遠吠がします。

その頃です、僕が囲炉裏の前で、

あえかな夢をみますのは。
随分……今では損はれてはゐるものの
今でもやさしい心があつて、
こんな晩ではそれが徐《しづ》かに呟きだすのを、
感謝にみちて聴きいるのです、
感謝にみちて聴きいるのです。

つみびとの歌

阿部六郎に

わが生は、下手な植木師らに
あまりに夙《はや》く、手を入れられた悲しさよ！
由来わが血の大方は
頭にのぼり、煮え返り、滾《たぎ》り泡だつ。
おちつきがなく、あせり心地に、

つねに外界に索《もと》めんとする。
その行ひは愚かで、
その考へは分ち難い。

かくてこのあはれなる木は、
粗硬な樹皮を、空と風とに、
心はたえず、追惜のおもひに沈み、

懶懦《らんだ》にして、とぎれとぎれの仕草をもち、
人にむかつては心弱く、諂《へつら》ひがちに、かくて
われにもない、愚事のかぎりを仕出来してしまふ。

秋

秋

1

昨日まで燃えてゐた野が
今日茫然として、曇つた空の下につづく。
一雨毎に秋になるのだ、と人は云ふ
秋蟬は、もはやかしこに鳴いてゐる、
草の中の、ひともとの木の中に。

僕は煙草を喫ふ。その煙が
澱《よど》んだ空気の中をくねりながら昇る。
地平線はみつめようにもみつめられない

陽炎《かげろふ》の亡霊達が起つたり坐つたりしてゐるので、
——僕は蹲《しやが》んでしまふ。

鈍い金色を滞びて、空は曇つてゐる、——相変らずだ、——
とても高いので、僕は俯《うつむ》いてしまふ。
僕は倦怠を観念して生きてゐるのだよ、
煙草の味が三通りくらゐにする。
死ももう、とほくはないのかもしれない……

2

『それではさよならといつて、
みように真鍮の光沢かなんぞのやうな笑《ゑみ》を湛《たた》へて彼奴《あいつ》は、
あのドアの所を立去つたのだつたあね。
あの笑ひがどうも、生きてる者のやうぢやあなかつたあね。

彼奴の目は、沼の水が澄んだ時かなんかのやうな色をしてたあね。

話してる時、ほかのことを考へてゐるやうだつたあね。
短く切つて、物を云ふくせがあつたあね。
つまらない事を、細かく覚えてゐたりしたあね。』

『ええさうよ。――死ぬつてことが分つてゐたのだわ？
星をみてると、星が僕になるんだなんて笑つてたわよ、たつた先達《せんだつて》よ。

……………………………………

たつた先達よ、自分の下駄を、これあどうしても僕のぢやないつていふのよ。』

3

草がちつともゆれなかつたのよ、
その上を蝶々がとんでゐたのよ。
浴衣《ゆかた》を着て、あの人縁側に立つてそれを見てるのよ。
あたしこつちからあの人の様子　見てたわよ。

あの人ジッと見てるのよ、黄色い蝶々を。
お豆腐屋の笛が方々で聞えてゐたわ、
あの電信柱が、夕空にクッキリしてて、
――僕、ってあの人あたしの方を振向くのよ、
昨日三十貫くらゐある石をコジ起しちやつた、つてのよ。
――まあどうして、どこで?つてあたし訊いたのよ。
するとね、あの人あたしの目をジッとみるのよ、
怒つてるやうなのよ、まあ……あたし怖かつたわ。

死ぬまへつてへんなものねえ……

修羅街輓歌

関口隆克に

序歌

忌はしい憶ひ出よ、
去れ！　そしてむかしの
憐みの感情と
ゆたかな心よ、
返つて来い！

今日は日曜日
椽側には陽が当る。
——もういつぺん母親に連れられて
祭の日には風船玉が買つてもらひたい、
空は青く、すべてのものはまぶしくかゞやかしかつた……

忌はしい憶ひ出よ、
去れ！　去れ去れ！

Ⅱ　酔生

私の青春も過ぎた、
――この寒い明け方の鶏鳴よ！
私の青春も過ぎた。

ほんに前後もみないで生きて来た……
私はあむまり陽気にすぎた？
――無邪気な戦士、私の心よ！

それにしても私は憎む、
対外意識にだけ生きる人々を。

――パラドクサルな人生よ。

いま茲《ここ》に傷つきはてて、
――この寒い明け方の鶏鳴よ！
おゝ、霜にしみらの鶏鳴よ……

Ⅲ　独語

器の中の水が揺れないやうに、
器を持ち運ぶことは大切なのだ。
さうでさへあるならば
モーションは大きい程いい。

しかしさうするために、
もはや工夫《くふう》を凝らす余地もないなら……
心よ、
謙抑《けんよく》にして神恵を待てよ。

Ⅲ

いといと淡き今日の日は
雨蕭々《せうせう》と降り洒《そそ》ぎ、
水より淡《あは》き空気にて
林の香りすなりけり。

げに秋深き今日の日は
石の響きの如くなり。
思ひ出だにもあらぬがに
まして夢などあるべきか。

まことや我は石のごと
影の如くは生きてきぬ……
呼ばんとするに言葉なく
空の如くははてもなし。

それよかなしきわが心
いはれもなくて拳《こぶし》する
誰をか責むることかある?
せつなきことのかぎりなり。

雪の宵

青いソフトに降る雪は
過ぎしその手か囁きか　白秋

ホテルの屋根に降る雪は
過ぎしその手か、囁《ささや》きか

ふかふか煙突煙《けむ》吐いて、
赤い火の粉も刎《は》ね上る。

今夜み空はまつ暗で、
暗い空から降る雪は……

　ほんに別れたあのをんな、
　いまごろどうしてゐるのやら。

ほんにわかれたあのをんな、
いまに帰つてくるのやら

　徐《しつ》かに私は酒のんで
　悔と悔とに身もそぞろ。

しづかにしづかに酒のんで
いとしおもひにそらるる……

　ホテルの屋根に降る雪は

過ぎしその手か、囁きか
ふかふか煙突煙《けむ》吐いて
赤い火の粉も刎ね上る。

生ひ立ちの歌

I

幼年時

私の上に降る雪は
真綿のやうでありました

少年時

私の上に降る雪は

霙《みぞれ》のやうでありました

十七――十九

私の上に降る雪は
霰《あられ》のやうに散りました

二十――二十二

私の上に降る雪は
雹《ひょう》であるかと思はれた

二十三

私の上に降る雪は
ひどい吹雪とみえました

二十四

私の上に降る雪は

いとしめやかになりました……

Ⅱ

私の上に降る雪は
花びらのやうに降つてきます
薪の燃える音もして
凍るみ空の黝《くろ》む頃

私の上に降る雪は
いとなよびかになつかしく
手を差伸べて降りました

私の上に降る雪は
熱い額に落ちもくる
涙のやうでありました

私の上に降る雪に
いとねんごろに感謝して、神様に
長生したいと祈りました

私の上に降る雪は
いと貞潔でありました

時こそ今は……

時こそ今は花は香炉に打薫じ
ボードレール

時こそ今は花は香炉に打薫《うちくん》じ、
そこはかとないけはひです。
しほだる花や水の音や、
家路をいそぐ人々や。

いかに泰子、いまこそは
しづかに一緒に、をりませう。
遠くの空を、飛ぶ鳥も
いたいけな情け、みちてます。

いかに泰子、いまこそは
暮るる籬《まがき》や群青《ぐんじやう》の
空もしづかに流るころ。

いかに泰子、いまこそは
おまへの髪毛《かみげ》なよぶころ
花は香炉に打薫じ、

羊の歌

羊の歌

安原喜弘に

Ⅰ　祈り

死の時には私が仰向かんことを！
この小さな顎《あご》が、小さい上にも小さくならんことを！
それよ、私は私が感じ得なかつたことのために、
罰されて、死は来たるものと思ふゆゑ。
あゝ、その時私の仰向かんことを！
せめてその時、私も、すべてを感ずる者であらんことを！

Ⅱ

思惑よ、汝　古く暗き気体よ、

わが裡《うち》より去れよかし！
われはや単純と静けき呟きと、
とまれ、清楚のほかを希《ねが》はず。

交際よ、汝陰鬱なる汚濁の許容よ、
更《あらた》めてわれを目覚ますことなかれ！
われはや孤寂に耐へんとす、
わが腕は既に無用の有《もの》に似たり。

汝、疑ひとともに見開く眼《まなこ》よ
見開きたるまゝに暫しは動かぬ眼よ、
あゝ、己の外をあまりに信ずる心よ、

それよ思惑、汝　古く暗き空気よ、
わが裡より去れよかし去れよかし！
われはや、貧しきわが夢のほかに興ぜず

Ⅲ

我が生は恐ろしい嵐のやうであつた、
其処此処《そここ》に時々陽の光も落ちたとはいへ。
ボードレール

九才の子供がありました
女の子供でありました
世界の空気が、彼女の有《いう》であるやうに
またそれは、凭《よ》つかかられるもののやうに
彼女は頸をかしげるのでした
私と話してゐる時に。

私は炬燵《こたつ》にあたつてゐました
彼女は畳に坐つてゐました
冬の日の、珍しくよい天気の午前
私の室《へや》には、陽がいつぱいでした

彼女が頸かしげると
彼女の耳朶《みみのは》　陽に透きました。

私を信頼しきつて、安心しきつて
かの女の心は蜜柑の色に
そのやさしさは氾濫するなく、かといつて
鹿のやうに縮かむこともありませんでした
私はすべての用件を忘れ
この時ばかりはゆるやかに時間を熟読翫味《ぐわんみ》しました。

Ⅲ

さるにても、もろに佗しいわが心
夜な夜なは、下宿の室《へや》に独りゐて
思ひなき、思ひを思ふ　単調の
つまし心の連弾よ……

汽車の笛聞こえもくれば
旅おもひ、幼き日をばおもふなり
いなよいなよ、幼き日をも旅をも思はず
旅とみえ、幼き日とみゆものをのみ……

思ひなき、おもひを思ふわが胸は
閉ざされて、黴生《かびは》ゆる手匣《てばこ》にこそはさも似たれ
しらけたる脣《くち》、乾きし頬
酷薄の、これな寂莫《しじま》にほとぶなり……

これやこの、慣れしばかりに耐へもする
さびしさこそはせつなけれ、みづからは
それともしらず、ことやうに、たまさかに
ながる涙は、人恋ふる涙のそれにもはやあらず……

憔悴

Pour tout homme, il vient une époque où l'homme languit. —Proverbe.
Il faut d'abord avoir soif.....
—Cathérine de Médicis.

I

私はも早、善い意志をもつては目覚めなかつた
起きれば愁《うれ》はしい　平常《いつも》のおもひ
私は、悪い意志をもつてゆめみた……
(私は其処《そこ》に安住したのでもないが、
其処を抜け出すことも叶はなかつた)
そして、夜が来ると私は思ふのだつた、
此の世は、海のやうなものであると。
私はすこししけてゐる宵の海をおもつた
其処を、やつれた顔の船頭は

おぼつかない手で漕ぎながら
獲物があるかあるまいことか
水の面《おもて》を、にらめながらに過ぎてゆく

Ⅱ

昔　私は思つてゐたものだつた
恋愛詩なぞ愚劣なものだと

今私は恋愛詩を詠み
甲斐あることに思ふのだ

だがまだ今でもともすると
恋愛詩よりもましな詩境にはいりたい

その心が間違つてゐるかゐないか知らないが
とにかくさういふ心が残つてをり

それは時々私をいらだて
とんだ希望を起させる

昔私は思つてゐたものだつた
恋愛詩なぞ愚劣なものだと

けれどもいまでは恋愛を
ゆめみるほかに能がない

Ⅲ

それが私の堕落かどうか
どうして私に知れようものか

腕にたるむだ私の怠惰
今日も日が照る　空は青いよ

ひよつとしたなら昔から
おれの手に負へたのはこの怠惰だけだつたかもしれぬ

真面目な希望も　その怠惰の中から
憧憬したのにすぎなかつたかもしれぬ

あゝ　それにしてもそれにしても
ゆめみるだけの　男にならうとはおもはなかつた！

Ⅲ

しかし此の世の善だの悪だの
容易に人間に分りはせぬ

人間に分らない無数の理由が
あれをもこれをも支配してゐるのだ

山蔭の清水《しみづ》のやうに忍耐ぶかく
つぐむでゐれば愉《たの》しいだけだ
汽車からみえる　山も　草も
空も　川も　みんなみんな
やがては全体の調和に溶けて
空に昇つて　虹となるのだらうとおもふ……

V

さてどうすれば利するだらうか、とか
どうすれば哂《わら》はれないですむだらうか、とかと
要するに人を相手の思惑に
明けくれすぐす、世の人々よ、

僕はあなたがたの心も尤《もつと》もと感じ
一生懸命郷《がう》に従つてもみたのだが

今日また自分に帰るのだ
ひつぱつたゴムを手離したやうに

さうしてこの怠惰の窗《まど》の中から
扇のかたちに食指をひろげ

青空を喫ふ　閑《ひま》を嚥《の》む
蛙さながら水に泛《うか》んで
夜《よる》は夜《よる》とて星をみる
あゝ　空の奥、空の奥。

VI

しかし　またかうした僕の状態がつづき、
僕とても何か人のするやうなことをしなければならないと思ひ、
自分の生存をしんきくさく感じ、
ともすると百貨店のお買上品届け人にさへ驚嘆する。

そして理屈はいつでもはつきりしてゐるのに
気持の底ではゴミゴミゴミゴミ懐疑の小屑《をくづ》が一杯です。
それがばかげてゐるにしても、その二つが
僕の中にあり、僕から抜けぬことはたしかなのです

と、聞えてくる音楽には心惹かれ、
ちよつとは生き生きしもするのですが、
その時その二つつは僕の中に死んで、

あゝ　空の歌、海の歌、
僕は美の、核心を知つてゐるとおもふのですが
それにしても辛いことです、怠惰を遁《のが》れるすべがない！

いのちの声

もろもろの業《わざ》、太陽のもとにては蒼ざめたるかな。
——ソロモン

I

僕はもうバッハにもモツアルトにも倦果てた。
あの幸福な、お調子者のヂャズにもすつかり倦果てた。
僕は雨上りの曇つた空の下の鉄橋のやうに生きてゐる。
僕に押寄せてゐるものは、何時でもそれは寂漠だ。
僕はその寂漠の中にすつかり沈静してゐるわけでもない。

僕は何かを求めてゐる、絶えず何かを求めてゐる。
恐ろしく不動の形の中にだが、また恐ろしく焦《じ》れてゐる。
そのためにははや、食慾も性慾もあつてなきが如くでさへある。

しかし、それが何かは分らない、つひぞ分つたためしはない。
それが二つあるとは思へない、ただ一つであるとは思ふ。
しかしそれが何かは分らない、つひぞ分つたためしはない。
それに行き著く一か八かの方途さへ、悉皆《しつかい》分つたためしはない。

時に自分を揶揄《からか》ふやうに、僕は自分に訊いてみるのだ、
それは女か？　甘《うま》いものか？　それは栄誉か？
すると心は叫ぶのだ、あれでもない、これでもない、あれでもないこれでもない！
それでは空の歌、朝、高空に、鳴響く空の歌とでもいふのであらうか？

Ⅱ

否何れとさへそれはいふことの出来ぬもの！

手短かに、時に説明したくなるとはいふものの、
説明なぞ出来ぬものでこそあれ、我が生は生くるに値ひするものと信ずる
それよ現実！　汚れなき幸福！　あらはるものはあらはるまゝによいといふこと！

人は皆、知ると知らぬに拘《かかは》らず、そのことを希望してをり、
勝敗に心覚《さと》き程は知るによしないものであれ、
それは誰も知る、放心の快感に似て、誰もが望み
誰もがこの世にある限り、完全には望み得ないもの！

併し幸福といふものが、このやうに無私の境《さかひ》のものであり、
かの慧敏《けいびん》なる商人の、称して阿呆《あほう》といふでもあらう底《てい》のものとすれば、
めしをくはねば生きてゆかれぬ現身《うつしみ》の世は、
不公平なものであるよといはねばならぬ。

だが、それが此の世といふものなんで、
其処《そこ》に我等は生きてをり、それは任意の不公平ではなく、

それに因《よつ》て我等自身も構成されたる原理であれば、
然らば、この世に極端はないとて、一先づ休心するもよからう。

Ⅲ

されば要は、熱情の問題である。
汝、心の底より立腹せば
怒れよ!

さあれ、怒ることこそ
汝《な》が最後なる目標の前にであれ、
この言《こと》ゆめゆめおろそかにする勿《なか》れ。

そは、熱情はひととき持続し、やがて熄《や》むなるに、
その社会的効果は存続し、
汝《な》が次なる行為への転調の障《さまた》げとなるなれば。

Ⅲ

ゆふがた、空の下で、身一点に感じられれば、万事に於て文句はないのだ。

在りし日の歌

亡き児文也の霊に捧ぐ

在りし日の歌

含羞《はぢらひ》

——在りし日の歌——

なにゆゑに　こゝろかくは羞《は》ぢらふ
秋　風白き日の山かげなりき
椎の枯葉の落窪に
幹々は　いやにおとなび彳《た》ちゐたり

枝々の　拱《く》みあはすあたりかなしげの
空は死児等の亡霊にみち　まばたきぬ
をりしもかなた野のうへは
あすとらかんのあはひ縫ふ　古代の象の夢なりき

椎の枯葉の落窪に

幹々は　いやにおとなび佇《た》ちゐたり
その日　その幹の隙《ひま》　睦みし瞳
姉らしき色　きみはありにし

その日　その幹の隙《ひま》　睦みし瞳
姉らしき色　きみはありにし
あゝ！　過ぎし日の　仄燃《ほの》えあざやぐをりをりは
わが心　なにゆゑに　なにゆゑにかくは羞ぢらふ……

むなしさ

臘祭《らふさい》の夜の　巷《ちまた》に堕《お》ちて
　心臓はも　条網に絡み
脂《あぶら》ぎる　胸乳《むなぢ》も露《あら》は
　よすがなき　われは戯女《たはれめ》

せつなきに　泣きも得せずて
この日頃　闇を孕《はら》めり
遐《とほ》き空　線条に鳴る
海峡岸　冬の暁風

白薔薇《しろばら》の　造化の花瓣
凍《い》てつきて　心もあらず

明けき日の　乙女の集《つど》ひ
それらみな　ふるのわが友

偏菱形《へんりようけい》=聚接面《しゆうせつめん》そも
胡弓《こきゆう》の音　つづきてきこゆ

夜更の雨

――ヱルレーヌの面影――

雨は　今宵も　昔　ながらに、
　昔　ながらの　唄を　うたつてる。
だらだら　だらだら　しつこい　程だ。
　と、見る　ヱル氏の　あの図体《づうたい》が、
倉庫の　間の　路次を　ゆくのだ。

倉庫の　間にや　護謨合羽《かつぱ》の　反射《ひかり》だ。
　それから　泥炭の　しみたれた　巫戯《ふざ》けだ。
さてこの　路次を　抜けさへ　したらば、
　抜けさへ　したらと　ほのかな　のぞみだ……
いやはや　のぞみにや　相違も　あるまい？

自動車　なんぞに　用事は　ないぞ、

あかるい　外燈《ひ》なぞは　なほの　ことだ。
酒場の　軒燈《あかり》の　腐つた　眼玉よ、
遐《とほ》くの　方では　舎密《せいみ》も　鳴つてる。

早春の風

けふ一日《ひとひ》また金の風
大きい風には銀の鈴
けふ一日《ひとひ》また金の風

女王の冠さながらに
卓《たく》の前には腰を掛け
かびろき窓にむかひます

外《そと》吹く風は金の風

大きい風には銀の鈴
けふ一日《ひとひ》また金の風

枯草の音のかなしくて
煙は空に身をすさび
日影たのしく身を嫋《なよ》ぶ

鳶色《とびいろ》の土かほるれば
物干竿は空に往き
登る坂道なごめども

青き女《をみな》の顎《あぎと》かと
岡に梢のとげとげし
今日一日《ひとひ》また金の風……

月

今宵月は蘘荷《めうが》を食ひ過ぎてゐる
済製場の屋根にブラ下つた琵琶《びは》は鳴るとしも想へぬ
石灰の匂ひがしたつて怖《おぢ》けるには及ばぬ
灌木がその個性を砥《と》いでゐる
姉妹は眠つた、母親は紅殻色《べんがらいろ》の格子を締めた！

さてベランダの上にだが
見れば銅貨が落ちてゐる、いやメタルなのかア
これは今日昼落とした文子さんのだ
明日はこれを届けてやらう
ポケットに入れたが気にかゝる、月は蘘荷を食ひ過ぎてゐる
灌木がその個性を砥いでゐる
姉妹は眠つた、母親は紅殻色の格子を締めた！

青い瞳

1　夏の朝

かなしい心に夜が明けた、
　うれしい心に夜が明けた、
いいや、これはどうしたといふのだ？
　さてもかなしい夜の明けだ！

青い瞳は動かなかつた、
　世界はまだみな眠つてゐた、
さうして『その時』は過ぎつつあつた、
　あゝ、遐《とほ》い遐いいい話。

青い瞳は動かなかつた、
　――いまは動いてゐるかもしれない……
青い瞳は動かなかつた、
　いたいたしくて美しかつた！

私はいまは此処《ここ》にゐる、黄色い灯影に。
　あれからどうなつたのかしらない……
あゝ、『あの時』はあゝして過ぎつゝあつた！
　碧《あを》い、噴き出す蒸気のやうに。

　　2　冬の朝

それからそれがどうなつたのか……
それは僕には分らなかつた
とにかく朝霧罩《こ》めた飛行場から
機影はもう永遠に消え去つてゐた。
あとには残酷な砂礫だの、雑草だの

頬を裂《き》るやうな寒さが残つた。
——こんな残酷な空寞《くうばく》たる朝にも猶
人は人に笑顔を以て対さねばならないとは
なんとも情ないことに思はれるのだつたが
それなのに其処《そこ》でもまた
笑ひを沢山湛《たた》へた者ほど
優越を感じてゐるのであつた。
陽は霧に光り、草葉の霜は解け、
遠くの民家に鶏《とり》は鳴いたが、
霧も光も霜も鶏《とり》も
みんな人々の心には沁《し》まず、
人々は家に帰つて食卓についた。
　　(飛行場に残つたのは僕、
　　バットの空箱《から》を蹴つてみる)

三歳の記憶

椽側に陽があたつてて、
樹脂《やに》が五彩に眠る時、
柿の木いつぽんある中庭《には》は、
土は枇杷《びは》いろ　蠅が唸《な》く。

稚厠《おかわ》の上に　抱へられてた、
すると尻から　蛔虫《むし》が下がつた。
その蛔虫《むし》が、稚厠の浅瀬で動くので
動くので、私は吃驚《びつくり》しちまつた。

あゝあ、ほんとに怖かつた
なんだか不思議に怖かつた、
それでわたしはひとしきり

ひと泣き泣いて　やつたんだ。

あゝ、怖かつた怖かつた
――部屋の中は　ひつそりしてゐて、
隣家《となり》は空に　舞ひ去つてゐた！
隣家《となり》は空に　舞ひ去つてゐた！

六月の雨

またひとしきり　午前の雨が
菖蒲《しやうぶ》のいろの　みどりいろ
眼《まなこ》うるめる　面長き女《ひと》
たちあらはれて　消えてゆく

たちあらはれて　消えゆけば

うれひに沈み　しとしとと
畠《はたけ》の上に　落ちてゐる
はてしもしれず　落ちてゐる

お太鼓叩いて　笛吹いて
あどけない子が　日曜日
畳の上で　遊びます

お太鼓叩いて　笛吹いて
遊んでゐれば　雨が降る
櫺子《れんじ》の外に　雨が降る

雨の日

通りに雨は降りしきり、

家々の腰板古い。
もろもろの愚弄の眼《まなこ》は淑《しと》やかとなり、
わたくしは、花瓣の夢をみながら目を覚ます。

＊

鳶色《とびいろ》の古刀の鞘《さや》よ、
舌あまりの幼な友達、
おまへの額は四角張つてた。
わたしはおまへを思ひ出す。

＊

鑢《やすり》の音よ、だみ声よ、
老い疲れたる胃袋よ、
雨の中にはとほく聞け、
やさしいやさしい唇を。

＊

煉瓦の色の憔心《せうしん》の
見え匿《かく》れする雨の空。
賢《さかし》い少女《をとめ》の黒髪と、
慈父の首《かうべ》と懐かしい……

春

春は土と草とに新しい汗をかゝせる。
その汗を乾かさうと、雲雀《ひばり》は空に騰《あが》る。
瓦屋根今朝不平がない、
長い校舎から合唱は空にあがる。

あゝ、しづかだしづかだ。

めぐり来た、これが今年の私の春だ。
むかし私の胸搏《う》つた希望は今日を、
厳めしい紺青《こあを》となつて空から私に降りかゝる。

そして私は呆気てしまふ、バカになつてしまふ
――薮かげの、小川か銀か小波《さざなみ》か？
薮かげの小川か銀か小波か？

大きい猫が頸《くび》ふりむけてぶきつちよに
一つの鈴をころばしてゐる、
一つの鈴を、ころばして見てゐる。

春の日の歌

流《ながれ》よ、淡《あは》き　嬌羞《けうしう》よ、

ながれて　ゆくか　空の国？
心も　とほく　散らかりて、
ヱヂプト煙草　たちまよふ。

流《ながれ》よ、冷たき　憂ひ秘め、
ながれて　ゆくか　麓までも？
まだみぬ　顔の　不可思議の
咽喉《のんど》の　みえる　あたりまで……

午睡の　夢の　ふくよかに、
野原の　空の　空のうへ？
うわあ　うわあと　涕《な》くなるか

黄色い　納屋や、白の倉、
水車の　みえる　彼方《かなた》まで、
ながれ　ながれて　ゆくなるか？

夏の夜

あゝ　疲れた胸の裡《うち》を
桜色の　女が通る
女が通る。

夏の夜の水田《すゐでん》の滓《おり》、
怨恨は気が遐《とほ》くなる
――盆地を繞《めぐ》る山は巡るか？

裸足《らそく》はやさしく　砂は底だ、
開いた瞳は　おいてきぼりだ、
霧の夜空は　高くて黒い。

霧の夜空は高くて黒い、
親の慈愛はどうしやうもない、
――疲れた胸の裡を　花瓣が通る。

疲れた胸の裡を　花瓣が通る
ときどき銅鑼《どんぐ》が著物に触れて。
靄はきれいだけれども、暑い！

幼獣の歌

黒い夜草深い野にあつて、
一匹の獣《けもの》が火消壺の中で
燧石《ひうちいし》を打つて、星を作つた。
冬を混ぜる　風が鳴つて。

獣はもはや、なんにも見なかつた。
カスタニエットと月光のほか
目覚ますことなき星を抱いて、
壺の中には冒瀆を迎へて。

雨後らしく思ひ出は一塊《いつくわい》となつて
風と肩を組み、波を打つた。
あゝ なまめかしい物語——
奴隷も王女と美しかれよ。

　卵殻もどきの貴公子の微笑と
　遅鈍な子供の白血球とは、
　それな獣を怖がらす。

黒い夜草深い野の中で、
一匹の獣の心は燻《くすぶ》る。

黒い夜草深い野の中で――
太古は、独語も美しかった！……

この小児

コボルト空に往交《ゆきか》へば、
野に
蒼白の
この小児。

黒雲空にすぢ引けば、
この小児
搾《しぼ》る涙は
銀の液……

地球が二つに割れゝばいい、
そして片方は洋行すればいい、
すれば私はもう片方に腰掛けて
青空をばかり――

花崗の巌《いはほ》や
浜の空
み寺の屋根や
海の果て……

冬の日の記憶

昼、寒い風の中で雀を手にとつて愛してゐた子供が、
夜になつて、急に死んだ。

次の朝は霜が降つた。
その子の兄が電報打ちに行つた。

夜になつても、母親は泣いた。
父親は、遠洋航海してゐた。

雀はどうなつたか、誰も知らなかつた。
北風は往還を白くしてゐた。

つるべの音が偶々《たまたま》した時、
父親からの、返電が来た。

毎日々々霜が降つた。
遠洋航海からはまだ帰れまい。

その後母親がどうしてゐるか……

電報打つた兄は、今日学校で叱られた。

秋の日

磧《かはら》づたひの　並樹の　蔭に
秋は　美し　女の　瞼《まぶた》
泣きも　いでなん　空の　潤《うる》み
昔の　馬の　蹄《ひづめ》の　音よ

長の　年月　疲れの　ために
国道　いゆけば　秋は　身に沁む
なんでも　ないてば　なんでも　ないに
木履の　音さへ　身に　沁みる

陽は今　磧の　半分に　射し

流れを　無形《むぎやう》の　筏《いかだ》は　とほる
　野原は　向ふで　伏せつて　ゐるが

連れだつ　友の　お道化た　調子も
不思議に　空気に　溶け　込んで
秋は　案じる　くちびる　結んで

　冷たい夜

冬の夜に
私の心が悲しんでゐる
悲しんでゐる、わけもなく……
心は錆《さ》びて、紫色をしてゐる。

丈夫な扉の向ふに、

古い日は放心してゐる。
丘の上では
棉の実が罅裂《はじ》ける。

此処では薪が燻《くすぶ》つてゐる、
その煙は、自分自らを
知つてでもゐるやうにのぼる。

誘はれるでもなく
覓《もと》めるでもなく、
私の心が燻る……

冬の明け方

残んの雪が瓦に少なく固く

枯木の小枝が鹿のやうに睡い、
　冬の朝の六時
　私の頭も睡い。

鳥が啼いて通る――
庭の地面も鹿のやうに睡い。
――林が逃げた農家が逃げた、
空は悲しい衰弱。
　　私の心は悲しい……

やがて薄日が射し
青空が開《あ》く。
上の上の空でジュピター神の砲《ひづつ》が鳴る。
――四方《よも》の山が沈み、

農家の庭が欠伸《あくび》をし、

道は空へと挨拶する。
私の心は悲しい……

老いたる者をして

――「空しき秋」第十二

老いたる者をして静謐《せいひつ》の裡《うち》にあらしめよ
そは彼等こころゆくまで悔いんためなり

吾は悔いんことを欲す
こころゆくまで悔ゆるは洵《まこと》に魂《たま》を休むればなり

あゝ　はてしもなく涕《な》かんことこそ望ましけれ
父も母も兄弟《はらから》も友も、はた見知らざる人々をも忘れて
東明《しののめ》の空の如く丘々をわたりゆく夕べの風の如く

はたゝなびく小旗の如く涕かんかな
或《ある》はまた別れの言葉の、こだまし、雲に入り、野末にひびき
海の上《へ》の風にまじりてとことはに過ぎゆく如く……

反歌

あゝ　我等怯懦《けふだ》のために長き間、いとも長き間
徒《あだ》なることにかゝらひて、涕くことを忘れゐたりしよ、げに忘れゐたりしよ……

〔空しき秋二十数篇は散佚《さんいつ》して今はなし。その第十二のみ、諸井三郎の作曲によりて残りしものなり。〕

湖上

ポッカリ月が出ましたら、
船を浮べて出掛けませう。

波はヒタヒタ打つでせう、
風も少しはあるでせう。

沖に出たらば暗いでせう、
櫂《かい》から滴垂《したた》る水の音は
昵懇《ちか》しいものに聞こえませう、
――あなたの言葉の杜切《とぎ》れ間を。

月は聴き耳立てるでせう、
すこしは降りても来るでせう、
われら接唇《くちづけ》する時に
月は頭上にあるでせう。

あなたはなほも、語るでせう、
よしないことや拗言《すねごと》や、
洩らさず私は聴くでせう、

——けれど漕ぐ手はやめないで。

ポッカリ月が出ましたら、
舟を浮べて出掛けませう、
波はヒタヒタ打つでせう、
風も少しはあるでせう。

冬の夜

みなさん今夜は静かです
薬鑵《やくわん》の音がしてゐます
僕は女を想つてる
僕には女がないのです

それで苦労もないのです

えもいはれない弾力の
空気のやうな空想に
女を描いてみてゐるのです

えもいはれない弾力の
澄み亙《わた》つたる夜《よ》の沈黙《しじま》
薬鑵の音を聞きながら
女を夢みてゐるのです

かくて夜は更け夜は深まつて
犬のみ覚めたる冬の夜は
影と煙草と僕と犬
えもいはれないカクテールです

2

空気よりよいものはないのです

それも寒い夜の室内の空気よりもよいものはないのです
煙よりよいものはないのです
煙より　愉快なものもないのです
やがてはそれがお分りなのです
同感なさる時が　来るのです

空気よりよいものはないのです
寒い夜の痩せた年増《としま》女の手のやうな
その手の弾力のやうな　やはらかい　またかたい
かたいやうな　その手の弾力のやうな
煙のやうな　その女の情熱のやうな
炎《も》えるやうな　消えるやうな

冬の夜の室内の　空気よりよいものはないのです

秋の消息

麻は朝、人の肌《はだへ》に追ひ縋《すが》り
雀らの、声も硬うはなりました
煙突の、煙は風に乱れ散り

火山灰掘れば氷のある如く
けざやけき顥気《かうき》の底に青空は
冷たく沈み、しみじみと

教会堂の石段に
日向ぼつこをしてあれば
陽光《ひかり》に廻《めぐ》る花々や
物蔭に、すずろすだける虫の音《ね》や

秋の日は、からだに暖か
手や足に、ひえびえとして
此の日頃、広告気球は新宿の
空に揚りて漂へり

骨

ホラホラ、これが僕の骨だ、
生きてゐた時の苦労にみちた
あのけがらはしい肉を破つて、
しらじらと雨に洗はれ、
ヌックと出た、骨の尖《さき》。
それは光沢もない、
ただいたづらにしらじらと、

雨を吸収する、
風に吹かれる、
幾分空を反映する。

生きてゐた時に、
これが食堂の雑踏の中に、
坐つてゐたこともある、
みつばのおしたしを食つたこともある、
と思へばなんとも可笑《をか》しい。

ホラホラ、これが僕の骨——
見てゐるのは僕？　可笑しなことだ。
霊魂はあとに残つて、
また骨の処にやつて来て、
見てゐるのかしら？

故郷《ふるさと》の小川のへりに、
半ばは枯れた草に立つて、
見てゐるのは、――僕?
恰度《ちやうど》立札ほどの高さに、
骨はしらじらととんがつてゐる。

秋日狂乱

僕にはもはや何もないのだ
僕は空手空拳だ
おまけにそれを嘆きもしない
僕はいよいよの無一物だ

それにしても今日は好いお天気で
さつきから沢山の飛行機が飛んでゐる

──欧羅巴《ヨーロッパ》は戦争を起すのか起さないのか
誰がそんなこと分るものか

今日はほんとに好いお天気で
空の青も涙にうるんでゐる
ポプラがヒラヒラヒラヒラしてゐて
子供等は先刻昇天した

もはや地上には日向ぼつこをしてゐる
月給取の妻君とデーデー屋さん以外にゐない
デーデー屋さんの叩く鼓の音が
明るい廃墟を唯独りで讃美し廻つてゐる

あゝ、誰か来て僕を助けて呉れ
ヂォゲネスの頃には小鳥くらゐ啼いたらうが
けふびは雀も啼いてはをらぬ

地上に落ちた物影でさへ、はや余りに淡《あは》い！

——さるにても田舎のお嬢さんは何処《どこ》に去《い》つたか
その紫の押花《おしばな》はもうにじまないのか
草の上には陽は照らぬのか
昇天の幻想だにもはやないのか？

僕は何を云つてゐるのか
如何《いか》なる錯乱に掠《かす》められてゐるのか
蝶々はどつちへとんでいつたか
今は春でなくて、秋であつたか

ではあゝ、濃いシロップでも飲まう
冷たくして、太いストローで飲まう
とろとろと、脇見もしないで飲まう
何にも、何にも、求めまい！……

朝鮮女

朝鮮女《をんな》の服の紐
秋の風にや縒《よ》れたらん
街道を往くをりをりは
子供の手をば無理に引き
額顰《しか》めし汝《な》が面《おも》ぞ
肌赤銅の乾物《ひもの》にて
なにを思へるその顔ぞ
――まことやわれもうらぶれし
こころに呆《ほう》け見ゐたりけむ
われを打見ていぶかりて
子供うながし去りゆけり……
軽く立ちたる埃《ほこり》かも

何をかわれに思へとや
軽く立ちたる埃かも
何をかわれに思へとや……
・・・・・・・・・・

夏の夜に覚めてみた夢

眠らうとして目をば閉ぢると
真ッ暗なグランドの上に
その日昼みた野球のナインの
ユニホームばかりほのかに白く――
ナインは各々守備位置にあり
狡《ずる》さうなピッチャは相も変らず
お調子者のセカンドは

相も変らぬお調子ぶりの
扨《さて》、待つてゐるヒットは出なく
やれやれと思つてゐると
ナインも打者も悉《ことごと》く消え
人ッ子一人ゐはしないグランドは

忽《たちま》ち暑い真昼《ひる》のグランド
グランド繞《めぐ》るポプラ並木は
蒼々として葉をひるがへし
ひときはつづく蟬しぐれ
やれやれと思つてゐるうち……眠《ね》た

春と赤ン坊

菜の花畑で眠つてゐるのは……
菜の花畑で吹かれてゐるのは……
赤ン坊ではないでせうか？

いいえ、空で鳴るのは、電線です電線です
ひねもす、空で鳴るのは、あれは電線です
菜の花畑に眠つてゐるのは、赤ン坊ですけど

走つてゆくのは、自転車々々
向ふの道を、走つてゆくのは
薄桃色の、風を切つて……
薄桃色の、風を切つて

走つてゆくのは菜の花畑や空の白雲《しろくも》
——赤ン坊を畑に置いて

雲雀

ひねもす空で鳴りますは
あゝ 電線だ、電線だ
ひねもす空で啼きますは
あゝ 雲の子だ、雲雀奴《ひばりめ》だ

碧《あーを》い 碧《あーを》い空の中
ぐるぐるぐると 潜《もぐ》りこみ
ピーチクチクと啼きますは
あゝ 雲の子だ、雲雀奴《め》だ

歩いてゆくのは菜の花畑
地平の方へ、地平の方へ
歩いてゆくのはあの山この山
あーをい　あーをい空の下

眠つてゐるのは、菜の花畑に
菜の花畑に、眠つてゐるのは
菜の花畑で風に吹かれて
眠つてゐるのは赤ん坊だ？

初夏の夜

また今年《こんねん》も夏が来て、
夜は、蒸気で出来た白熊が、
沼をわたつてやつてくる。

——色々のことがあつたんです。
色々のことをして来たものです。
嬉しいことも、あつたのですが、
回想されては、すべてがかなしい
鉄製の、軋音《あつおん》さながら
なべては夕暮迫るけはひに
幼年も、老年も、青年も壮年も、
共々に余りに可憐な声をばあげて、
薄暮の中で舞ふ蛾《が》の下で
はかなくも可憐な顎をしてゐるのです。
されば今夜《こんや》六月の良夜《あたらよ》なりとはいへ、
遠いい物音が、心地よく風に送られて来るとはいへ、
なにがなし悲しい思ひであるのは、
消えたばかしの鉄橋の響音、
大河《おほかは》の、その鉄橋の上方に、空はぼんやりと石盤色であるのです。

北の海

海にゐるのは、
あれは人魚ではないのです。
海にゐるのは、
あれは、浪ばかり。

曇つた北海の空の下、
浪はところどころ歯をむいて、
空を呪《のろ》つてゐるのです。
いつはてるとも知れない呪。

海にゐるのは、
あれは人魚ではないのです。
海にゐるのは、

あれは、浪ばかり。

頑是ない歌

思へば遠く来たもんだ
十二の冬のあの夕べ
港の空に鳴り響いた
汽笛の湯気《ゆげ》は今いづこ

雲の間に月はゐて
それな汽笛を耳にすると
竦然《しようぜん》として身をすくめ
月はその時空にゐた

それから何年経つたことか

汽笛の湯気を茫然と
眼で追ひかなしくなつてゐた
あの頃の俺はいまいづこ

今では女房子供持ち
思へば遠く来たもんだ
此の先まだまだ何時までか
生きてゆくのであらうけど

生きてゆくのであらうけど
遠く経て来た日や夜《よる》の
あんまりこんなにこひしゆては
なんだか自信が持てないよ

さりとて生きてゆく限り
結局我ン張る僕の性質《さが》

と思へばなんだか我ながら
いたはしいよなものですよ

考へてみればそれはまあ
結局我ン張るのだとして
昔恋しい時もあり　そして
どうにかやつてはゆくのでせう

考へてみれば簡単だ
畢竟《ひつきやう》意志の問題だ
なんとかやるより仕方もない
やりさへすればよいのだと

思ふけれどもそれもそれ
十二の冬のあの夕べ
港の空に鳴り響いた

汽笛の湯気や今いづこ

閑寂

なんにも訪《おとな》ふことのない、
私の心は閑寂だ。

それは日曜日の渡り廊下、
――みんなは野原へ行つちやつた。

板は冷たい光沢《つや》をもち、
小鳥は庭に啼いてゐる。

締めの足りない水道の、
蛇口の滴《しつく》は、つと光り！

土は薔薇色《ばらいろ》、空には雲雀《ひばり》
空はきれいな四月です。

　なんにも訪《おとな》ふことのない、
　私の心は閑寂だ。

お道化うた

月の光のそのことを、
盲目少女《めくらむすめ》に教へたは、
ベートーヴェンか、シューバート?
俺の記憶の錯覚が、
今夜とちれてゐるけれど、
ベトちやんだとは思ふけど、

シュバちやんではなかつたらうか?

霧の降つたる秋の夜に、
庭・石段に腰掛けて、
月の光を浴びながら、
二人、黙つてゐたけれど、
やがてピアノの部屋に入り、
泣かんばかりに弾き出した、
あれは、シュバちやんではなかつたらうか?

かすむ街の灯とほに見て、
ウキンの市《まち》の郊外に、
星も降るよなその夜さ一と夜、
虫、草叢《くさむら》にすだく頃、
教師の息子の十三番目、
頸《くび》の短いあの男、

盲目少女《めくらむすめ》の手をとるやうに、
ピアノの上に勢ひ込んだ、
汗の出さうなその額、
安物くさいその眼鏡、
丸い背中もいぢらしく
吐き出すやうに弾いたのは、
あれは、シュバちやんではなかつたらうか？

シュバちやんかベトちやんか、
そんなこと、いざ知らね、
今宵星降る東京の夜《よる》、
ビールのコップを傾けて、
月の光を見てあれば、
ベトちやんもシュバちやんも、はやとほに死に、
はやとほに死んだことさへ、
誰知らうことわりもない……

思ひ出

お天気の日の、海の沖は
なんと、あんなに綺麗なんだ！
お天気の日の、海の沖は、
まるで、金や、銀ではないか

金や銀の沖の波に、
ひかれひかれて、岬の端に
やつて来たれど金や銀は
なほもとほのき、沖で光つた。

岬の端には煉瓦工場が、
工場の庭には煉瓦干されて、

煉瓦干されて赫々《あかあか》してゐた
　しかも工場は、音とてなかつた

煉瓦工場に、腰をば据ゑて、
私は暫く煙草を吹かした。
煙草吹かしてぼんやりしてると、
沖の方では波が鳴つてた。

沖の方では波が鳴らうと、
私はかまはずぼんやりしてゐた。
ぼんやりしてると頭も胸も
ポカポカポカポカ暖かだつた

ポカポカポカポカ暖かだつたよ
岬の工場は春の陽をうけ、
煉瓦工場は音とてもなく

裏の木立で鳥が啼いてた

鳥が啼いても煉瓦工場は、
ビクともしないでジッとしてゐた
鳥が啼いても煉瓦工場の、
窓の硝子《ガラス》は陽をうけてゐた

窓の硝子は陽をうけてても
ちつとも暖かさうではなかつた
春のはじめのお天気の日の
岬の端の煉瓦工場よ！

＊
＊
＊
＊

煉瓦工場は、その後廃《すた》れて、

煉瓦工場は、死んでしまつた
煉瓦工場の、窓も硝子も、
今は毀《こは》れてゐようといふもの

煉瓦工場は、廃《すた》れて枯れて、
木立の前に、今もぼんやり
木立に鳥は、今も啼くけど
煉瓦工場は、朽ちてゆくだけ

沖の波は、今も鳴るけど
庭の土には、陽が照るけれど
煉瓦工場に、人夫は来ない
煉瓦工場に、僕も行かない

嘗《かつ》て煙を、吐いてた煙突も、
今はぶきみに、たゞ立つてゐる

雨の降る日は、殊にもぶきみ
晴れた日だとて、相当ぶきみ

相当ぶきみな、煙突でさへ
今ぢやどうさへ、手出しも出来ず
この尨大《ばうだい》な、古強者《ふるつはもの》が
時々恨む、その眼は怖い

その眼怖くて、今日も僕は
浜へ出て来て、石に腰掛け
ぼんやり俯《うつむ》き、案じてゐれば
僕の胸さへ、波を打つのだ

残暑

畳の上に、寝ころばう、
蠅はブンブン　唸つてる
畳ももはや　黄色くなつたと
今朝がた　誰かが云つてゐたつけ

それやこれやと　とりとめもなく
僕の頭に　記憶は浮かび
浮かぶがまゝに　浮かべてゐるうち
いつしか　僕は眠つてゐたのだ

覚めたのは　夕方ちかく
まだかなかなは　啼いてたけれど
樹々の梢は　陽を受けてたけど、

僕は庭木に　打水やつた
打水が、樹々の下枝《しづえ》の葉の尖《さき》に
光つてゐるのをいつまでも、僕は見てゐた

除夜の鐘

除夜の鐘は暗い遠いい空で鳴る。
千万年も、古びた夜《よる》の空気を顫《ふる》はし、
除夜の鐘は暗い遠いい空で鳴る。

それは寺院の森の霧《けむ》つた空……
そのあたりで鳴つて、そしてそこから響いて来る。
それは寺院の森の霧つた空……

その時子供は父母の膝下で蕎麦《そば》を食うべ、
その時銀座はいつぱいの人出、浅草もいつぱいの人出、
その時子供は父母の膝下で蕎麦を食うべ。

その時銀座はいつぱいの人出、浅草もいつぱいの人出。
その時囚人は、どんな心持だらう、どんな心持だらう、
その時銀座はいつぱいの人出、浅草もいつぱいの人出。

除夜の鐘は暗い遠いい空で鳴る。
千万年も、古びた夜《よる》の空気を顫はし、
除夜の鐘は暗い遠いい空で鳴る。

雪の賦

雪が降るとこのわたくしには、人生が、

かなしくもうつくしいものに——
憂愁にみちたものに、思へるのであつた。

その雪は、中世の、暗いお城の塀にも降り、
大高源吾の頃にも降つた……

幾多々々の孤児の手は、
そのためにかじかんで、
都会の夕べはそのために十分悲しくあつたのだ。

ロシアの田舎の別荘の、
矢来の彼方《かなた》に見る雪は、
うんざりする程永遠で、

雪の降る日は高貴の夫人も、
ちつとは愚痴でもあらうと思はれ……

雪が降るとこのわたくしには、人生が
かなしくもうつくしいものに――
憂愁にみちたものに、思へるのであつた。

わが半生

私は随分苦労して来た。
それがどうした苦労であつたか、
語らうなぞとはつゆさへ思はぬ。
またその苦労が果して価値の
あつたものかなかつたものか、
そんなことなぞ考へてもみぬ。

とにかく私は苦労して来た。

苦労して来たことであつた！
そして、今、此処《ここ》、机の前の、
自分を見出すばつかりだ。
じつと手を出し眺めるほどの
ことしか私は出来ないのだ。

外《そと》では今宵、木の葉がそよぐ。
はるかな気持の、春の宵だ。
そして私は、静かに死ぬる、
坐つたまんまで、死んでゆくのだ。

独身者

石鹼箱には秋風が吹き
郊外と、市街を限る路の上には

大原女が一人歩いてゐた
――彼は独身者《どくしんもの》であつた
彼は極度の近眼であつた
彼はよそゆきを普段に着てゐた
判屋奉公したこともあつた

今しも彼が湯屋から出て来る
薄日の射してる午後の三時
石鹼箱には風が吹き
郊外と、市街を限る路の上には
大原女が一人歩いてゐた

春宵感懐

雨が、あがつて、風が吹く。
雲が、流れる、月かくす。
みなさん、今夜は、春の宵。
なまあつたかい、風が吹く。

なんだか、深い、溜息が、
なんだかはるかな、幻想が、
湧くけど、それは、摑めない。
誰にも、それは、語れない。

誰にも、それは、語れない
ことだけれども、それこそが、
いのちだらうぢやないですか、

けれども、それは、示《あ》かせない……

かくて、人間、ひとりびとり、
こころで感じて、顔見合せれば
につこり笑ふといふほどの
ことして、一生、過ぎるんですねえ

雨が、あがつて、風が吹く。
雲が、流れる、月かくす。
みなさん、今夜は、春の宵。
なまあつたかい、風が吹く。

曇天

ある朝　僕は　空の　中に、

黒い　旗が　はためくを　見た。
はたはた　それは　はためいて　ゐたが、
音は　きこえぬ　高きが　ゆゑに。

手繰り　下ろさうと　僕は　したが、
綱も　なければ　それも　叶はず、
旗は　はたはた　はためく　ばかり、
空の　奥処《おくが》に　舞ひ入る　如く。

かゝる　朝《あした》を　少年の　日も、
屢〻　見たりと　僕は　憶《おも》ふ。
かの時は　そを　野原の　上に、
今はた　都会の　甍《いらか》の　上に。

かの時　この時　時は　隔つれ、
此処《ここ》と　彼処《かしこ》と　所は　異れ、

はたはた　はたはた　み空に　ひとり、
いまも　渝《かは》らぬ　かの　黒旗よ。

蜻蛉に寄す

あんまり晴れてる　秋の空
赤い蜻蛉《とんぼ》が　飛んでゐる
淡《あは》い夕陽を　浴びながら
僕は野原に　立つてゐる

遠くに工場の　煙突が
夕陽にかすんで　みえてゐる
大きな溜息　一つついて
僕は蹲《しゃが》んで　石を拾ふ

その石くれの　冷たさが
漸く手中《しゆちう》で　ぬくもると
僕は放《ほか》して　今度は草を
夕陽を浴びてる　草を抜く

抜かれた草は　土の上で
ほのかほのかに　萎《な》えてゆく
遠くに工場の　煙突は
夕陽に霞んで　みえてゐる

永訣の秋

ゆきてかへらぬ

——京　都——

僕は此の世の果てにゐた。陽は温暖に降り洒《そそ》ぎ、風は花々揺《ゆす》つてゐた。

木橋の、埃りは終日、沈黙し、ポストは終日赫々《あかあか》と、風車を付けた乳母車、いつも街上に停つてゐた。

棲む人達は子供等は、街上に見えず、僕に一人の縁者《みより》なく、風信機《かざみ》の上の空の色、時々見るのが仕事であつた。

さりとて退屈してもゐず、空気の中には蜜があり、物体ではないその蜜は、常住食すに適してゐた。

煙草くらゐは喫つてもみたが、それとて匂ひを好んだばかり。おまけに僕としたことが、戸外でしか吹かさなかつた。

さてわが親しき所有品《もちもの》は、タオル一本。枕は持つてゐたとはいへ、布団ときたらば影だになく、歯刷子《はぶらし》くらゐは持つてもゐたが、たつた一冊ある本は、中に何にも書いてはなく、時々手にとりその目方、たのしむだけのものだつた。

女たちは、げに慕はしいのではあつたが、一度とて、会ひに行かうと思はなかつた。夢みるだけで沢山だつた。

名状しがたい何物かゞ、たえず僕をば促進し、目的もない僕ながら、希望は胸に高鳴つてゐた。

＊
＊
＊

林の中には、世にも不思議な公園があつて、無気味な程にもにこやかな、女や子供、男達散歩してゐて、僕に分らぬ言語を話し、僕に分らぬ感情を、表情してゐた。
さてその空には銀色に、蜘蛛《くも》の巣が光り輝いてゐた。

一つのメルヘン

秋の夜は、はるかの彼方《かなた》に、
小石ばかりの、河原があつて、
それに陽は、さらさらと
さらさらと射してゐるのでありました。

陽といつても、まるで硅石《けいせき》か何かのやうで、
非常な個体の粉末のやうで、
さればこそ、さらさらと
かすかな音を立ててもゐるのでした。

さて小石の上に、今しも一つの蝶がとまり、
淡い、それでゐてくつきりとした
影を落としてゐるのでした。

やがてその蝶がみえなくなると、いつのまにか、
今迄流れてもゐなかつた川床に、水は
さらさらと、さらさらと流れてゐるのでありました……

幻影

私の頭の中には、いつの頃からか、
薄命さうなピエロがひとり棲んでゐて、
それは、紗《しや》の服かなんかを着込んで、
そして、月光を浴びてゐるのでした。

ともすると、弱々しげな手付をして、
しきりと、手真似をするのでしたが、
その意味が、つひぞ通じたためしはなく、
あはれげな、思ひをさせるばつかりでした。

手真似につれては、唇《くち》も動かしてゐるのでしたが、
古い影絵でも見てゐるやう――
音はちつともしないのですし、
何を云つてるのかは 分りませんでした。

しろじろと身に月光を浴び、
あやしくもあかるい霧の中で、
かすかな姿態をゆるやかに動かしながら、
眼付ばかりはどこまでも、やさしさうなのでした。

あばずれ女の亭主が歌つた

おまへはおれを愛してる、一度とて
おれを憎んだためしはない。
おれもおまへを愛してる。前世から
さだまつてゐたことのやう。

そして二人の魂は、不識《しらず》に温和に愛し合ふ
もう長年の習慣だ。
それなのにまた二人には、
ひどく浮気な心があつて、

いちばん自然な愛の気持を、

時にうるさく思ふのだ。

佳い香水のかをりより、
病院の、あはい匂ひに慕ひよる。

そこでいちばん親しい二人が、
時にいちばん憎みあふ。

そしてあとでは得態の知れない
悔の気持に浸るのだ。

あゝ、二人には浮気があつて、
それが真実《ほんと》を見えなくしちまふ。

佳い香水のかをりより、
病院の、あはい匂ひに慕ひよる。

言葉なき歌

あれはとほい処にあるのだけれど
おれは此処《ここ》で待つてゐなくてはならない
此処は空気もかすかで蒼く
葱《ねぎ》の根のやうに仄《ほの》かに淡《あは》い

決して急いではならない
此処で十分待つてゐなければならない
処女《むすめ》の眼《め》のやうに遥かを見遣《みや》つてはならない
たしかに此処で待つてゐればよい

それにしてもあれはとほい彼方《かなた》で夕陽にけぶつてゐた
号笛《フイトル》の音《ね》のやうに太くて繊弱だつた

けれどもその方へ駆け出してはならない
たしかに此処で待つてゐなければならない

さうすればそのうち喘《あへ》ぎも平静に復し
たしかにあすこまでゆけるに違ひない
しかしあれは煙突の煙のやうに
とほくとほく　いつまでも茜《あかね》の空にたなびいてゐた

月夜の浜辺

月夜の晩に、ボタンが一つ
波打際に、落ちてゐた。

それを拾つて、役立てようと
僕は思つたわけでもないが

なぜだかそれを捨てるに忍びず
僕はそれを、袂《たもと》に入れた。

月夜の晩に、ボタンが一つ
波打際に、落ちてゐた。

それを拾つて、役立てようと
僕は思つたわけでもないが
　月に向つてそれは抛《はふ》れず
　浪に向つてそれは抛れず
僕はそれを、袂に入れた。

月夜の晩に、拾つたボタンは
指先に沁《し》み、心に沁みた。

月夜の晩に、拾つたボタンは

どうしてそれが、捨てられようか？

また来ん春……

また来ん春と人は云ふ
しかし私は辛いのだ
春が来たつて何になろ
あの子が返つて来るぢやない

おもへば今年の五月には
おまへを抱いて動物園
象を見せても猫《にやあ》といひ
鳥を見せても猫《にやあ》だつた
最後にみせた鹿だけは

角によつぽど惹かれてか
何とも云はず　眺めてた

ほんにおまへもあの時は
此の世の光のたゞ中に
立つて眺めてゐたつけが……

月の光　その一

月の光が照つてゐた
月の光が照つてゐた

お庭の隅の草叢《くさむら》に
隠れてゐるのは死んだ児だ

月の光が照つてゐた
月の光が照つてゐた

　おや、チルシスとアマントが
芝生の上に出て来てる

ギタアを持つては来てゐるが
おつぽり出してあるばかり

月の光が照つてゐた
月の光が照つてゐた

月の光　その二

おゝチルシスとアマントが

庭に出て来て遊んでる
ほんに今夜は春の宵
なまあつたかい靄《もや》もある

月の光に照らされて
庭のベンチの上にゐる
ギタアがそばにはあるけれど
いつから弾き出しさうもない

芝生のむかふは森でして
とても黒々してゐます
おゝチルシスとアマントが
こそこそ話してゐる間

森の中では死んだ子が
蛍のやうに蹲《しやが》んでる

村の時計

村の大きな時計は、
ひねもす動いてゐた
その字板のペンキは、
もう艶が消えてゐた

近寄つてみると、
小さなひびが沢山にあるのだつた

それで夕陽が当つてさへが、
おとなしい色をしてゐた

時を打つ前には、
ぜいぜいと鳴つた

字板が鳴るのか中の機械が鳴るのか
僕にも誰にも分らなかつた

或る男の肖像

1

洋行帰りのその洒落者《しやれもの》は、
齢《とし》をとつても髪に緑の油をつけてた。

夜毎喫茶店にあらはれて、
其処の主人と話してゐる様《さま》はあはれげであつた。

死んだと聞いてはいつさうあはれであつた。

2

——幻滅は鋼《はがね》のいろ。

髪毛の艶《つや》と、ラムプの金との夕まぐれ
庭に向つて、開け放たれた戸口から、
彼は戸外に出て行つた。

剃りたての頸条《うなじ》も手頸《てくび》も
どこもかしこもそはそはと、
寒かつた。

開け放たれた戸口から
悔恨は、風と一緒に容赦なく
吹込んでゐた。

読書も、しむみりした恋も、
暖かいお茶も黄昏《たそがれ》の空とともに
風とともにもう其処にはなかつた。

3

彼女は
壁の中へ這入つてしまつた。
それで彼は独り、
部屋で卓子《テーブル》を拭いてゐた。

冬の長門峡

長門峡に、水は流れてありにけり。
寒い寒い日なりき。

われは料亭にありぬ。
酒酌みてありぬ。

われのほか別に、
客とてもなかりけり。

水は、恰《あたか》も魂あるものの如く、
流れ流れてありにけり。

やがても蜜柑の如き夕陽、

欄干にこぼれたり。
あゝ！――そのやうな時もありき、
寒い寒い　日なりき。

米子

二十八歳のその処女《むすめ》は、
肺病やみで、腓《ひ》は細かつた。
ポプラのやうに、人も通らぬ
歩道に沿つて、立つてゐた。
処女《むすめ》の名前は、米子と云つた。
夏には、顔が、汚れてみえたが、
冬だの秋には、きれいであつた。

――かぼそい声をしてをつた。

二十八歳のその処女《むすめ》は、
お嫁に行けば、その病気は
癒《なほ》るかに思はれた。と、さう思ひながら
私はたびたび処女《むすめ》をみた……

しかし一度も、さうと口には出さなかつた。
別に、云ひ出しにくいからといふのでもない
云つて却《かへ》つて、落胆させてはと思つたからでもない、
なぜかしら、云はずじまひであつたのだ。

二十八歳のその処女《むすめ》は、
歩道に沿つて立つてゐた、
雨あがりの午後、ポプラのやうに。
――かぼそい声をもう一度、聞いてみたいと思ふのだ……

正午

丸ビル風景

あゝ十二時のサイレンだ、サイレンだサイレンだ
ぞろぞろぞろぞろ出てくるわ、出てくるわ出てくるわ
月給取の午休《ひる》み、ぷらりぷらりと手を振つて
あとからあとから出てくるわ、出てくるわ出てくるわ
大きなビルの真ッ黒い、小ッちやな小ッちやな出入口
空はひろびろ薄曇り、薄曇り、埃りも少々立つてゐる
ひよんな眼付で見上げても、眼を落としても……
なんのおのれが桜かな、桜かな桜かな
あゝ十二時のサイレンだ、サイレンだサイレンだ
ぞろぞろぞろぞろ、出てくるわ、出てくるわ出てくるわ
大きいビルの真ッ黒い、小ッちやな小ッちやな出入口
空吹く風にサイレンは、響き響きて消えてゆくかな

春日狂想

1

愛するものが死んだ時には、
自殺しなけあなりません。

愛するものが死んだ時には、
それより他に、方法がない。

けれどもそれでも、業（?）が深くて、
なほもながらふことともなつたら、

奉仕の気持に、なることなんです。

奉仕の気持に、なることなんです。
愛するものは、死んだのですから、
たしかにそれは、死んだのですから、
もはやどうにも、ならぬのですから、
そのもののために、そのもののために、
奉仕の気持に、ならなけあならない。
奉仕の気持に、ならなけあならない。

2

奉仕の気持になりはなつたが、
さて格別の、ことも出来ない。
そこで以前《せん》より、本なら熟読。

そこで以前《せん》より、人には丁寧。
テムポ正しき散歩をなして
麦稈真田《ばくかんさなだ》を敬虔に編み――

まるでこれでは、玩具《おもちゃ》の兵隊、
まるでこれでは、毎日、日曜。

神社の日向《ひなた》を、ゆるゆる歩み、
知人に遇《あ》へば、につこり致し、
飴売爺々《あめうりじじい》と、仲よしになり、
鳩に豆なぞ、パラパラ撒いて、
まぶしくなつたら、日蔭に這入り、
そこで地面や草木を見直す。

苔はまことに、ひんやりいたし、
いはうやうなき、今日の麗日。

参詣人等もぞろぞろ歩き、
わたしは、なんにも腹が立たない。

《まことに人生、一瞬の夢、
ゴム風船の、美しさかな。》

空に昇つて、光つて、消えて――
やあ、今日は、御機嫌いかが。
久しぶりだね、その後どうです。
そこらの何処《どこ》かで、お茶でも飲みましよ。

勇んで茶店に這入りはすれど、
ところで話は、とかくないもの。
煙草なんぞを、くさくさ吹かし、
名状しがたい覚悟をなして、――

戸外《そと》はまことに賑かなこと！
――ではまたそのうち、奥さんによろしく、
外国《あっち》に行つたら、たよりを下さい。
あんまりお酒は、飲まんがいいよ。

馬車も通れば、電車も通る。
まことに人生、花嫁御寮。
まぶしく、美《は》しく、はた俯《うつむ》いて、

話をさせたら、でもうんざりか？
それでも心をポーッとさせる、
まことに、人生、花嫁御寮。

3

ではみなさん、
喜び過ぎず悲しみ過ぎず、
テムポ正しく、握手をしませう。
つまり、我等に欠けてるものは、
実直なんぞと、心得まして。
ハイ、ではみなさん、ハイ、御一緒に——
テムポ正しく、握手をしませう。

蛙声

天は地を蓋《おほ》ひ、
そして、地には偶々《たまたま》池がある。
その池で今夜一と夜さ蛙は鳴く……
——あれは、何を鳴いてるのであらう?

その声は、空より来り、
空へと去るのであらう?

天は地を蓋ひ、
そして蛙声《あせい》は水面に走る。

よし此の地方《くに》が湿潤に過ぎるとしても、
疲れたる我等が心のためには、

柱は猶、余りに乾いたものと感《おも》はれ、
頭は重く、肩は凝るのだ。
さて、それなのに夜が来れば蛙は鳴き、
その声は水面に走つて暗雲に迫る。

後記

茲《ここ》に収めたのは、「山羊《やぎ》の歌」以後に発表したものの過半数である。作つたのは、最も古いのでは大正十四年のもの、最も新しいのでは昭和十二年のものがある。序《つい》でだから云ふが、「山羊の歌」には大正十三年春の作から昭和五年春迄のものを収めた。

詩を作りさへすればそれで詩生活といふことが出来れば、私の詩生活も既に二十三年を経た。もし詩を以て本職とする覚悟をした日からを詩生活と称すべきなら、十五年間の詩生活である。

長いといへば長い、短いといへば短いその年月の間に、私の感じたこと考へたことは尠《すくな》くない。今その概略を述べてみようかと、一寸思つてみるだけでもゾッとする程だ。私は何にも、だから語らうとは思はない。たゞ私は、私の個性が詩に最も適することを、確実に確めた日から詩を本職としたのであつたことだけを、ともかくも云つておきたい。

私は今、此の詩集の原稿を纏め、友人小林秀雄に托し、東京十三年間の生活に別れて、郷里に引籠るのである。別に新しい計画があるのでもないが、いよいよ詩生活に沈潜しようと思つてゐる。

扨《さて》、此の後どうなることか……それを思へば茫洋とする。

さらば東京！　おゝわが青春！

［一九三七、九、二三］

未刊詩篇

ダダ音楽の歌詞

ウハキはハミガキ
ウハバミはウロコ
太陽が落ちて
太陽の世界が始まつた

テツポーは戸袋
ヒヨータンはキンチヤク
太陽が上つて
夜の世界が始つた

オハグロは妖怪
下痢はトブクロ

レイメイと日暮が直径を描いて
ダダの世界が始つた
(それを釈迦が眺めて
それをキリストが感心する)

古代土器の印象

認識以前に書かれた詩——
沙漠のたゞ中で
私は土人に訊ねました
「クリストの降誕した前日までに
カラカネの
歌を歌つて旅人が
何人こゝを通りましたか」

土人は何にも答へないで
遠い沙丘の上の
足跡をみてゐました

泣くも笑ふも此の時ぞ
此の時ぞ
泣くも笑ふも

無題

疲れた魂と心の上に、
訪れる夜が良夜《あたらよ》であつた……
そして額のはるか彼方《かなた》に、
私を看守《みまも》る小児があつた……

その小児は色白く、水草の青みに揺れた、
その瞼《まぶた》は赤く、その眼《まなこ》は恐れてゐた。
その小児が急にナイフで自殺すれば、
美しい唐縮緬が跳び出すのであつた！

しかし何事も起ることなく、
良夜の闇は潤んでゐた。
私は木の葉にとまつた一匹の昆虫……
それなのに私の心は悲しみで一杯だつた。

額のつるつるした小さいお婆さんがゐた、
その慈愛は小川の春の小波だつた。
けれども時としてお婆さんは怒りを愉しむことがあつた。
そのお婆さんがいま死なうとしてるのであつた……

神様は遠くにゐた、

良夜の空気は動かなく、神様は遠くにゐた。
私はお婆さんの過ぎた日にあつたことをなるべく語らうとしてゐるのであつた、
私はお婆さんの過ぎた日にあつたことを、なるべく語らうとしてゐるのであつた
……

（いかにお婆さん、怒りを愉しむことは好ましい！）

（一九二七・八・二九）

処女詩集序

かつて私は一切の「立脚点」だつた。
かつて私は一切の解釈だつた。
私は不思議な共通接線に額して、
倫理の最後の点をみた。

（あゝ、それらの美しい論法の一つ一つを、
いかにいまこゝに想起したいことか！）

＊

その日私はお道化る子供だつた。
卑小な希望達の仲間となり馬鹿笑ひをつゞけてゐた。
（いかにその日の私の見窄《みすぼら》しかつたことか！
いかにその日の私の神聖だつたことか！）

＊

私は完《まつた》き従順の中に
わづかに呼吸を見出だしてゐた。
私は羅馬婦人《ローマをんな》の笑顔や夕立跡の雲の上を、

膝頭《がしら》で歩いてゐたやうなものだ。

＊

これらの忘恩な生活の罰か？　はたしてさうか？
私は今日、統覚作用の一摧片《ひとかけら》をも持たぬ。

さうだ、私は十一月の曇り日の墓地を歩いてゐた、
柊《ひひらぎ》の葉をみながら私は歩いてゐた。

その時私は何か？たしかに失つた。

＊

今では私は
生命の動力学にしかすぎない――
自恃《じじ》をもつて私は、むづかる特権を感じます。

かくて私には歌がのこつた。
たつた一つ、歌といふがのこつた。

＊

私の歌を聴いてくれ。

聖浄白眼

神に

面白がらせと怠惰のために、こんなになつたのでございます。
今では何にも分りません。
曇つた寒い日の葉繁みでございます。
眼瞼《まぶた》に蜘蛛《くも》がいとを張ります。

（あゝ何を匿《かく》さうなにを匿さう。）

しかし何の姦計があつてからのことではないのでございます。
面白がらせをしてゐるよりほか、なかつたのでございます。
私は何にも分らないのでございます。
頭が滅茶苦茶になつたのでございます。

それなのに人は私に向つて断行的でございます。
昔は抵抗するに明知を持つてゐましたが、
明知で抵抗するのには手間を要しますので、
遂々人に潰されたとも考へられるのでございます。

自分に

私の魂はたゞ優しさを求めてゐた。
それをさうと気付いてはゐなかつた。
私は面白がらせをしてゐたのだ……

みんなが俺を慰んでやれといふ顔をしたのが思ひ出される。

　　歴史に

明知が群集の時間の中に丁度よく浮んで流れるのには
二つの方法がある。
一は大抵の奴が実施してゐるディレッタンティズム、
一は良心が自ら煉獄を通過すること。
なにものの前にも良心は枉《ま》げらるべきでない！
女・子供のだつて、乞食のだつて。
歴史は時間を空間よりも少しづゝ勝たせつゝある？
おゝ、念力よ！現れよ。

　　人群《じんぐん》に

貴様達は決して出納掛以上ではない！

貴様達は善いものも美しいものも求めてはをらぬのだ！
貴様達は糊附け着物だ、
貴様達は自分の目的を知つてはをらぬのだ！

幼なかりし日

・・・・・・・・

在りし日よ、幼なかりし日よ！
春の日は、苜蓿《うまごやし》踏み
青空を、追ひてゆきしにあらざるか？

いまはまた、その日その草の、
何方《いづち》の里を急げるか、何方の里にそよげるか？
すずやかの、音ならぬ音は呟き
電線は、心とともに空にゆきしにあらざるか？

町々は、あやに翳《かげ》りて、
厨房は、整ひたりしにあらざるか？
過ぎし日は、あやにかしこく、
その心、疑惧《うたがひ》のごとし。

さはれ人けふもみるがごとくに、
　子等の背はまろく
　子等の足ははやし。
……人けふも、けふも見るごとくに。

（一九二八・一・二五）

冷酷の歌

1

ああ、神よ、罪とは冷酷のことでございました。
泣きわめいてゐる心のそばで、
買物を夢みてゐるあの裕福な売笑婦達は、
罪でございます、罪以外の何者でもございません。

そしてそれが恰度《ちやうど》私に似てをります、
貪婪《どんらん》の限りに夢をみながら
一番分りのいい俗な瀟洒《せうしや》の中を泳ぎながら、
今にも天に昇りさうな、枠のやうな胸で思ひあがつてをります。

伸びたいだけ伸んで、拡がりたいだけ拡がつて、

恰度紫の朝顔の花かなんぞのやうに、
朝は露に沾《うるほ》ひ、朝日のもとに笑《ゑみ》をひろげ、

夕は泣くのでございます、獣のやうに。
獣のやうに嗜慾のうごめくまゝにうごいて、
その末は泣くのでございます、肉の痛みをだけ感じながら。

2

絶えざる苛責といふものが、それが
どんなに辛いものかが分るか？
おまへの愚かな精力が尽きるまで、
恐らくそれはおまへに分りはしない。
けれどもいづれおまへにも分る時は来るわけなのだが、
その時に辛からうよ、おまへ、辛からうよ、

絶えざる苛責といふものが、それが
どんなに辛いか、もう既に辛い私を
おまへ、見るがいい、よく見るがいい、
ろくろく笑へもしない私を見るがいい！

3

人には自分を紛らはす力があるので、
人はまづみんな幸福さうに見えるのだが、
人には早晩紛らはせない悲しみがくるのだ。
悲しみが自分で、自分が悲しみの時がくるのだ。
長い懶《ものう》い、それかといつて自滅することも出来ない、
さういふ惨《いたま》しい時が来るのだ。

悲しみは執ッ固《しこ》くてなほも悲しみ尽さうとするから、
悲しみに入つたら最後休《や》む時がない！

理由がどうであれ、人がなんと謂《い》へ、
悲しみが自分であり、自分が悲しみとなつた時、

人は思ひだすだらう、その白けた面の上に
涙と微笑とを浮べながら、聖人たちの古い言葉を。

そして今猶走り廻る若者達を見る時に、
忌はしくも忌はしい気持に浸ることだらう、

嗚呼《ああ》！その時に、人よ苦しいよ、絶えいるばかり、
人よ、苦しいよ、絶えいるばかり……

4

夕暮が来て、空気が冷える、
物音が微妙にいりまじつて、しかもその一つ一つが聞える。
お茶を注ぐ、煙草を吹かす、薬罐《やくわん》が物憂い唸りをあげる。
床や壁や柱が目に入る、そしてそれだけだ、それだけだ。

神様、これが私の只今でございます。
薔薇《ばら》と金毛とは、もはや煙のやうに空にゆきました。
いいえ、もはやそれのあつたことさへが信じきれないで、
私は疑ひぶかくなりました。

萎れた葱《ねぎ》か韮《にら》のやうに、ああ神様、
私は疑ひのために死ぬるでございませう。

風雨

雨の音のはげしきことよ
風吹けばひとしほまさり
風やめば　つと和みつつ

雨風のあわただしさよ
——悲しみに呆けし我に、
雨風のあわただし音《ね》よ

悲しみに呆けし我の
思ひ出のかそけきことよ
それににて巷《ちまた》も家も
雨風にかすみてみゆる

そがかすむ風情の中に、
ふと浮むわがありし日よ
風の音にうちまぎれつつ
ふとあざむわがありし日よ

（吹く風を心の友と）

吹く風を心の友と
口笛に心まぎらはし
私がげんげ田を歩いてゐた十五の春は
煙のやうに、野羊のやうに、パルプのやうに、
とんで行つて、もう今頃は、
どこか遠い別の世界で花咲いてゐるであらうか
耳を澄ますと

げんげの色のやうにはぢらひながら遠くに聞こえる

あれは、十五の春の遠い音信なのだらうか
滲《にじ》むやうに、日が暮れても空のどこかに
あの日の昼のまゝに
あの時が、あの時の物音が経過しつつあるやうに思はれる

それが何処か?――とにかく僕に其処《そこ》へゆけたらなあ……
心一杯に懺悔して、
恕《ゆる》されたといふ気持の中に、再び生きて、
僕は努力家にならうと思ふんだ――

死別の翌日

生きのこるものはづうづうしく、

死にゆくものはその清純さを漂はせ
物云ひたげな瞳を床《ゆか》にさまよはすだけで、
親を離れ、兄弟を離れ、
最初から独りであつたもののやうに死んでゆく。

さて、今日はよいお天気です。
街の片側は翳《かげ》り、片側は日射しをうけて、あつたかい
けざやかにもわびしい秋の午前です。
空は昨日までの雨に拭はれて、すがすがしく、
それは海の方まで続いてゐることが分ります。

その空をみながら、また街の中をみながら、
歩いてゆく私はもはや此の世のことを考へず、
さりとて死んでいつたもののことも考へてはゐないのです。
みたばかりの死に茫然として、
卑怯にも似た感情を抱いて私は歩いてゐたと告白せねばなりません。

秋になる朝

たつたこの間まで、四時には明るくなつたのが
五時になつてもまだ暗い。秋来る頃の
あの頃のひきあけ方のかなしさよ。

ほのしらむ、稲穂にとんぼとびかよひ
何事もなかつたかのやう百姓は
朝露に湿つた草鞋《わらぢ》蹈みしめて。

僕達はまだ睡い、眠気で頭がフラフラだ、それなのに
涼風は、おまへの瞳をまばたかせ、あの頃の涼風は
たうもろこしの葉やおまへの指股に浮かぶ汗の味がする
やがて工場の煙突は、朝空に、ばらの煙をあげるのだ。

恋人よ、あの頃の朝の涼風は、
たうもろこしの葉やおまへの指股に浮かぶ汗の匂ひがする
さうして僕は思ふのだ、希望は去つた、……忍従が残る。
忍従が残る、忍従が残ると。

早春散歩

空は晴れてても、建物には蔭があるよ、
春、早春は心なびかせ、
それがまるで薄絹ででもあるやうに
ハンケチででもあるやうに
我等の心を引千切り
きれぎれにして風に散らせる

私はもう、まるで過去がなかつたかのやうに
少くとも通つてゐる人達の手前さうであるかの如くに感じ、
風の中を吹き過ぎる
異国人のやうな眼眸《まなざし》をして、
確固たるものの如く、
また隙間風にも消え去るものの如く

さうしてこの淋しい心を抱いて、
今年もまた春を迎へるものであることを
ゆるやかにも、茲《ここ》に春は立返つたのであることを
土の上の日射しをみながらつめたい風に吹かれながら
土手の上を歩きながら、遠くの空を見やりながら
僕は思ふ、思ふことにも慣れきつて僕は思ふ……

（卓子に、俯いてする夢想にも倦きると）

卓子《テーブル》に、俯《うつむ》いてする夢想にも倦《あ》きると、
僕は窓を開けて僕はみるのだ

　星とその、背後の空と、
石盤の、冷たさに似て、
吹く風と、逐《お》ひやらる、小さな雲と

窓を閉めれば星の空、その星の空
その星の空？　否、否、否、
否　否　否　否　否　否　否　否否否否否否否否

《星は、何を、話したがつてゐたのだらう？》
《星はなんにも語らうとしてはゐない。》

《では、あれは、何を語らうとしてゐたのだらう?》
《なんにも、語らうと、してはゐない。》

Qu'est-ce que c'est?

蛙が鳴くことも、
月が空を泳ぐことも、
僕がかうして何時まで立つてゐることも、
黒々と森が彼方《かなた》にあることも、
これはみんな暗がりでとある時出つくはす、
見知越しであるやうな初見であるやうな、
あの歯の抜けた妖婆のやうに、
それはのつぴきならぬことでまた
逃れようと思へば何時でも逃れてゐられる

さういふふうなことなんだ、あゝさうだと思つて、
坐臥常住の常識観に、
僕はすばらしい籐椅子にでも倚《よ》つかゝるやうに倚つかゝり、
とにかくまづ羞恥の感を押鎮づめ、
ともかくも和やかに誰彼のへだてなくお辞儀を致すことを覚え、
なに、平和にはやつてゐるが、
蛙の声を聞く時は、
何かを僕はおもひ出す。何か、何かを、
おもひだす。

Qu'est-ce que c'est?

虫の声

夜が更けて、

一つの虫の声がある。
それはたしかに庭で鳴いたのだが、
鳴き了《をは》るや、それは彼処《かしこ》野原で鳴いたやうにもおもはれる。
此処《ここ》と思ひ、彼処と思ひ、
あやしげな思ひに抱かれてゐると、
此処、庭の中からにこにことして、幽霊は立ち現はれる。
よくみれば、慈しみぶかい年増《としま》婦の幽霊。
一陣の風は窓に起り、
幽霊は去る。
虫が鳴くのは、
彼処の野でだ。

（一九三三・八・九）

蟬

蟬が鳴いてゐる、蟬が鳴いてゐる
蟬が鳴いてゐるほかになんにもない！
うつらうつらと僕はする
……風もある……
松林を透いて空が見える
うつらうつらと僕はする。

『いいや、さうぢやない、さうぢやない！』と彼が云ふ
『ちがつてゐるよ』と僕がいふ
『いいや、いいや！』と彼が云ふ
『ちがつてゐるよ』と僕が云ふ
と、目が覚める、と、彼はもうとつくに死んだ奴なんだ

それから彼の永眠してゐる、墓場のことなぞ目に浮ぶ……
それは中国のとある田舎の、水無河原《みづなしがはら》といふ
雨の日のほか水のない
伝説付の川のほとり、
藪蔭《やぶかげ》の砂土帯の小さな墓場、
……そこにも蟬は鳴いてゐるだろ
チラチラ夕陽も射してゐるだろ……

蟬が鳴いてゐる、蟬が鳴いてゐる
蟬が鳴いてゐるほかなんにもない！
僕の怠惰？　僕は『怠惰』か？
僕は僕を何とも思はぬ！
蟬が鳴いてゐる、蟬が鳴いてゐる
蟬が鳴いてゐるほかなんにもない！

（一九三三・八・一四）

狂気の手紙

袖の振合ひ他生の縁
僕事、気違ひには御座候へども
格別害も致し申さず候間
切角御一興とは思召され候て
何卒気の違つた所なぞ
御高覧の程伏而《ふして》懇願《こんぐわん》仕《つかまつり》候《さうらふ》
陳述《のぶれば》此《こ》度《たび》は気がフーッと致し
キンポーゲとこそ相成候
野辺の草穂と春の空
何仔細あるわけにも無之《これなく》候処
タンポポや、煙の族とは相成候間

一筆御知らせ申上候
猶、また近日日蔭なぞ見申し候節は
早速参上、羅宇《らう》換へや紙芝居のことなぞ
詳しく御話申上候
お葱《ねぎ》や塩のことにても相当お話申上候
否、地球のことにてもメリーゴーランドのことにても
お鉢のことにても火箸のことにても何にても御話申上可候《まうしあぐべく》匆々《そうそう》

（一九三四・四・二二）

咏嘆調

悲しみは、何処《どこ》までもつづく
蛮土の夜の、お祭のやうに、その宵のやうに、
その夜更のやうに何処までもつづく。

それは、夜と、湿気と、炬火《たいまつ》と、搔き傷と、
野と草と、遠いい森の灯のやうに、
頸《うなじ》をめぐり少しばかりの傷を負はせながら過ぎてゆく、

それは、まるで時間と同じものでもあるのだらうか？
胃の疲れ、肩の凝りのやうなものであらうか、
いかな罪業のゆゑであらうか
この駱駅《らくえき》とつづく悲しみの小さな小さな無数の群は。

それはボロ麻や、腓《ハギ》に吹く、夕べの風の族であらうか？
夕べ野道を急ぎゆく、漂泊の民《たみ》であらうか？
何処までもつづく此の悲しみは、
はや頸を真ッ直ぐにして、ただ諦めてゐるほかはない。……

※

「夜は早く寐て、朝は早く起きる！」
――やるせない、この生計《なりはひ》の宵々に、
煙草吹かして茫然と、電燈《でんき》の傘を見てあれば、
昔、小学校の先生が、よく云つたこの言葉
不思議に目覚め、あらためて、
「夜は早く寐て、朝は早く起きる！」と、
くちずさみ、さてギヨツとして、
やがてただ、溜息を出すばかりなり。

「夜は早く寐て、朝は早く起きる！」
「夕空霽《は》れて、涼虫鳴く。」
「腰湯がすんだら、背戸の縁台にいらつしやい。」
思ひ出してはがつかりとする、
これらの言葉の不思議な魅力。
いかなる故にがつかりするのか、
はやそれさへも分りはしない。

「夜は早く寐て、朝は早く起きる！」
僕は早く起き、朝霧よ、野に君を見なければならないだらうか。
小学校の先生よ、僕はあなたを思ひ出し、
あなたの言葉を思ひ出し、あなたの口調を、思ひ出しさへするけれど、
それら悔恨のやうに、僕の心に浸み渡りはするけれど、
それはただ一抹の哀愁となるばかり、
意志とは何の、関係もないのでした……

昏睡

亡びてしまつたのは
僕の心であつたらうか
亡びてしまつたのは
僕の夢であつたらうか

記憶といふものが
もうまるでない
往来を歩きながら
めまひがするやう

何ももう要求がないといふことは
もう生きてゐては悪いといふことのやうな気もする
それかと云つて生きてゐたくはある
それかと云つて却《ママ》に死にたくなんぞはない

あゝそれにしても
諸君は何とか云つてたものだ
僕はボンヤリ思ひ出す
諸君は実に何かか云つてゐたつけ

（一九三四・四・二二）

道化の臨終 Etude Dadaïstique

序曲

君ら想はないか、夜毎何処《どこ》かの海の沖に、
火を吹く龍がゐるかもしれぬと。
君ら想はないか、曠野の果に、
夜毎姉妹の灯ともしてゐると。

君等想はないか、永遠の夜《よる》の浪、
其処《そこ》に泣く無形《むぎやう》の生物《いきもの》、
其処に見開く無形《むぎやう》の瞳、
かの、かにかくに底の底……

心をゆすり、ときめかし、
嗚咽《をえつ》・哄笑一時《いつとき》に、肝に銘じて到るもの、
清浄こよなき漆黒のもの、
暖《だん》を忘れぬ紺碧を……

＊　＊　＊

空の下《もと》には　池があつた。
その池の　めぐりに花は　咲きゆらぎ、
空はかをりと　はるけくて、
今年も春は　土肥やし、
雲雀《ひばり》は空に　舞ひのぼり、
小児が池に　落つこつた。

小児は池に　仰向けに、

池の縁《ふち》をば　枕にて、
あわあわあわと　吃驚《びっくり》し、
空もみないで　泣きだした。

僕の心は　残酷な、
僕の心は　優婉な、
僕の心は　残酷な、
涙も流さず　僕は泣き、
空に旋毛《つむじ》を　見せながら、
紫色に　泣きまする。

僕には何も　云はれない。
発言不能の　境界に、
僕は日も夜も　肘ついて、
僕は砂粒に　照る日影だの、

風に揺られる　雑草を
ジッと瞶《みつ》めて　をりました。

どうぞ皆さん僕といふ、
はてなくやさしい、痴呆症、
抑揚の神の　母無し子《おやなご》、
岬の浜の　不死身貝、
そのほか色々　名はあれど、
命題・反対命題の、
能ふかぎりの　止揚場《しやうじやう》、
天《あめ》が下なる「衛生無害」、
昔ながらの薔薇《ばら》の花、
ばかげたものでも　ござりませうが、
大目にあづかる　為体《ていたらく》。

かく申しまする　所以のものは、

泣くも笑ふも　朝露の命、
星のうちなる　星の星……
砂のうちなる　砂の砂……
どうやら舌は　縺《もつ》れまするが、
浮くも沈むも　波間の瓢《ひさご》、
格別何も　いりませぬ故、
笛のうちなる　笛の笛、
——次第に舌は　縺れてまゐる——
至上至福の　臨終《いまは》の時を、
いやいや　なんといはうかい、
一番お世話になりながら、
一番忘れてゐられるもの……
あの　あれを……といつて、
それでは誰方《どなた》も　お分りがない……
では　忘恩悔ゆる涙とか？
えゝまあ　それでもござりまするが……

では――
えイ、じれつたや
これやこの、ゆくもかへるも
別れては、消ゆる移り香、
追ひまはし、くたびれて、
秋の夜更に　目が覚めて、
天井板の　木理《もくめ》みて、
あなやと叫び　呆然と……
さて　われに返りはするものの、
野辺の草葉に　盗賊の、
疲れて眠る、その腰に、
隠元豆の　刀あり、
これやこの　切れるぞえ、
と　戸の面《おもて》、丹下左膳がこつち向き、
――狂つた心としたことが、
何を云ひ出すことぢややら……

さはさりながら　さらばとて、
正気の構へを　とりもどし、
人よ汝《いまし》が「永遠」を、
恋することのなかりせば、
シネマみたとてドッコイショのショ、
ダンスしたとてドッコイショのショ。
なぞと云つたら　笑はれて、
ささも聴いては　貰へない、
さらばわれ、明日は死ぬ身の、
今茲《ここ》に　不得要領……
かにかくに　書付けましたる、
ほんのこれ、心の片端《はしくれ》、
不備の点、恕《ゆる》され給ひて、
希《ねが》はくは　お道化お道化て、
ながらへし　小者にはあれ、
冥福の　多かれかしと、

神にはも　祈らせ給へ。

（一九三四・六・二）

秋岸清涼居士

消えていつたのは、
あれはあやめの花ぢやろか？
いいえいいえ、消えていつたは、
あれはなんとかいふ花の紫の莟《つぼ》みであつたぢやろ
冬の来る夜に、省線の
遠音とともに消えていつたは
あれはなんとかいふ花の紫の莟みであつたぢやろ

※

とある侘びしい踏切のほとり

草は生え、薄《すすき》は伸びて
その中に、
焼木杭《やけぼっくひ》がありました

その木杭に、その木杭にですね、
月は光を灑《そそ》ぎました

木杭は、胡麻塩頭の塩辛声《しよつかれごゑ》の、
武家の末裔《はて》でもありませうか？
それとも汚ないソフトかぶつた
老ルンペンででもありませうか

風は繁みをさやがせもせず、
冥府《あのよ》の温風《ぬるかぜ》さながらに
繁みの前を素通りしました

繁みの葉ツパの一枚々々
伺ふやうな目付して、
こつそり私を瞶《みつ》めてゐました

月は半月《はんかけ》　鋭く光り
でも何時もより
可なり低きにあるやうでした

虫は草葉の下で鳴き、
草葉くぐつて私に聞こえ、
それから月へと昇るのでした

ほのぼのと、煙草吹かして懐《ふところ》で、
手を暖《あつた》めてまるでもう
此処《ここ》が自分の家《うち》のやう
すつかりと落付きはらひ路の上《へ》に

ヒラヒラと舞ふ小妖女《フエアリー》に
だまされもせず小妖女《フエアリー》を、
見て見ぬ振りでゐましたが
やがてして、ガックリとばかり
口開《あ》いて背《うし》ろに倒れた
頸《うなじ》 きれいなその男
秋岸清涼居士といひ――僕の弟、
月の夜とても闇夜ぢやとても
今は此の世に亡い男

今夜佗びしい踏切のほとり
腑抜《ふぬけ》さながら彳《た》つてるは
月下の僕か弟か
おほかた僕には違ひないけど
死んで行つたは、
――あれはあやめの花ぢやろか

いいえいいえ消えて行つたは、
あれはなんとかいふ花の紫の莟《つぼみ》ぢやろ
冬の来る夜に、省線の
遠音とともに消えていつたは
あれはなんとかいふ花の紫の莟か知れず
あれは果されなかつた憧憬に窒息しをつた弟の
弟の魂かも知れず
はた君が果されぬ憧憬であるかも知れず
草々も虫の音も焼木杭も月もレールも、
いつの日か手の掌《ひら》で揉んだ紫の朝顔の花の様に
揉み合はされて悉皆《しつかい》くちやくちやにならうやもはかられず
今し月下に憩《やす》らへる秋岸清涼居士ばかり
歴然として一基の墓石
石の稜劃然として
世紀も眠る此の夜さ一と夜
——虫が鳴くとははて面妖な

エヂプト遺蹟もかくまでならずと
首を捻つてみたが何
ブラリブラリと歩き出したが
どつちにしたつておんなしことでい
さてあらたまつて申上まするが
今は三年の昔の秋まで在世
その秋死んだ弟が私の弟で
今ぢや秋岸清涼居士と申しやす、ヘイ。

（一九三四・一〇・二〇）

悲しい歌

1

こんな悪達者な人にあつては

僕はどんな巻添へを食ふかも知れない
僕には智慧が足りないので
どんなことになるかも知れない

悪気がちつともないにしても
悪い結果を起したら全くたまらない
悪気がちつともないのに
悪い結果が起りさうで心配だ

なんのことはない夢みる男にとつて
悪達者な人は罠《わな》に過ぎない
格別鎌を掛けられるのではないのであつても
鎌を掛けられたことになるのだからかなはない

それを思へば恐ろしい気がする
もう何も出来ない気がする

それかといつて穴に這入つてもゐられず
僕はたゞだんだんぼんやりして来る

2

あゝ神様お助け下さい！
これははやどうしようもございません。
貴方《あなた》のお助けが来ない限りは、
これは、どうしようもございません。

このどうしようもないことの理由を
一度は詳しく分解して人に示さうとも考へました
その分解から法則を抽き出し纏《まと》め、
人々に教へようとも考へました
又は私の遭遇する一々の事象を極めて
明細に描出しようとも考へました

しかし現実は果しもなく豊富で、
それもやがて断念しなければならなくなりました。

それから私はもう手の施しやうもなく、
たゞもう事象に引摺られて生きてゐるのでございますが、
それとて其処《そこ》に落付いてゐるのでもなく、
搗《か》てて加へて馬鹿さの方はだんだん進んで参るのでございます。

かくて今日はもう、茲《ここ》に手をついて、
私はもう貴方のお慈悲を待つのでございます
そして手をつくといふことが
どのやうなことだかを今日初めて知るやうなわけでございます。

神様、今こそ私は貴方の御前に額《ぬか》づくことが出来ます。
この強情な私奴が、散々の果てに、
またその果ての遅疑・痴呆の果てに、

貴方の御前に額づくことが出来るのでございます。

※

扨斯様《さてかやう》に御前に額づいてをりますと、
どうやら私の愚かさも、懦弱《だじやく》の故に生ずる悪も分つてくるやうな気も致します、
然しそれも心許なく、
私は猶如何様《いかやう》にしたらよいものか分りません。

※

私はもう泣きもしませぬ
いゝえ、泣けもしないのでございます
玆にかうしてストイック風に居りますことも
さして意趣あつてのことではございません
せめてこのやうに足痛むのを堪《こら》へて坐つて、
呆けた心を引き立ててゐるやうなものでございます。

※

妻と子をいとほしく感じます
そしてそれはそれだけで、どうすることも出来ないし
どうなることでもないと知つて、
どうしようともはや思ひも致しません

而もそれだけではどうにも仕方がないと思つてをります……

3

僕は人間が笑ふといふことは、
人間が憎悪を貯《た》めてゐるからだと知つた。
人間が口を開《あ》くと、
蝦茶色《えびちやいろ》の憎悪がわあッと跳び出して来る。
みんな貯まつてゐる憎悪のために、

色々な喜劇を演ずるのだ。
たゞその喜劇を喜劇と感ずる人と、
極く当然の事と感ずる馬鹿《ばか》者との差違があるだけだ。

私は見た。彼は笑ひ、
彼は笑つたことを悲しみ、
その悲しんだことをまた大したことでもないと思ひ、
彼はたゞギヨツとしてゐた。

私は彼を賢者だと思ふ
(そしたら私は泣き出したくなつた)

私は彼に、何も云ふことはなかつた
而も黙つて何時まで会つてゐることは危険だと感じた。
私は一散に帰つて来た。

※

私はどうしようもないのです。

※

あゝどうしようもないのでございます。

（一九三四・一一・二六）

星とピエロ

何、あれはな、空に吊した銀紙ぢやよ
かう、ボール紙を剪《き》つて、それに銀紙を張る、
それを綱か何かで、空に吊し上げる、
するとそれが夜になつて、空の奥であのやうに
光るのぢや。分つたか、さもなけれあ空にあんなものはないのぢや.

それあ学者共は、地球のほかにも地球があるなぞといふが
そんなことはみんなウソぢや、銀河系なぞといふのもあれは
女《をなご》共の帯に銀紙を擦りつけたものに過ぎないのぢや
ぞろぞろと、だらしもない、遠くの方ぢやからええやうなものの
ぢやによつて、俺《わし》なんざあ、遠くの方はてんきりみんぢやて

見ればこそ腹も立つ、腹が立てば怒りたうなるわい
それを怒らいでジッと我慢してをれば、神秘だのとも云ひたくなる
もともと神秘だのと云ふ連中《やつ》は、例の八ッ当りも出来ぬ弱虫ぢやで
誰怒るすぢもないとて、あんまり仕末がよすぎる程の輩《やから》どもが
あんなこと発明をしよつたのぢやわい、分つたらう

分らなければまだ教へてくれる、空の星が銀紙ぢやないというても
銀でないものが銀のやうに光りはせぬ、青光りがするつてか
それや青光りもするぢやらう、銀紙ぢやから喃《なう》

向きによつては青光りすることもあるぢや、いや遠いつてか
遠いには正に遠いいが、それや吊し上げる時綱を途方もなう長うしたからのことぢや

（一九三四・一二・一六）

（なんにも書かなかつたら）

1

なんにも書かなかつたら
みんな書いたことになつた

覚悟を定めてみれば、
此の世は平明なものだつた

夕陽に向つて、
野原に立つてゐた。
まぶしくなると、
また歩み出した。

何をくよくよ、
川端やなぎ、だ……
土手の柳を、
見て暮らせ、よだ

2

開いて、ゐるのは、
あれは、花かよ?
何の、花かよ?

薔薇《ばら》の、花ぢやろ。
しんなり、開いて、
こちらを、むいてる。
蜂だとて、ゐぬ、
小暗い、小庭に。

あゝ、さば、薔薇《さうび》よ、
物を、云つてよ、
物をし、云へば、
答へよう、もの。

答へたらさて、
もつと、開《さ》かうか？
答へても、なほ、
ジツト、そのまゝ？

3

鏡の、やうな、澄んだ、心で、
私も、ありたい、ものです、な。

鏡の、やうに、澄んだ、心で、
私も、ありたい、ものです、な。

鏡は、まつしろ、斜《はす》から、見ると、
鏡は、底なし、まむきに、見ると。

鏡、ましろで、私をおどかし、
鏡、底なく、私を、うつす。

私を、おどかし、私を、浄め、
私を、うつして、私を、和ます。

鏡、よいもの、机の、上に、
一つし、あれば、心、和ます。

あゝわれ、一と日、鏡に、向ひ、
唾《つば》、吐いたれや、さつぱり、したよ。

唾、吐いたれあ、さつぱり、したよ。
何か、すまない、気持も、したが。

鏡、許せよ、悪気は、ないぞ、
ちよいと、いたづら、してみたサア。

（一九三四・一二・二九）

月夜とポプラ

木《こ》の下かげには幽霊がゐる
その幽霊は、生れたばかりの
まだ翼《はね》弱い蝙蝠《かうもり》に似て、
而もそれが君の命を
やがては覘《ねら》はうと待構へてゐる
（木の下かげには、かうもりがゐる。）
そのかうもりを君が捕つて
殺してしまへばいいやうなものの
それは、影だ、手にはとられぬ
而も時偶《ときたま》見えるに過ぎない。
僕はそれを捕つてやらうと、
長い歳月考へあぐむだ。
けれどもそれは遂に捕れない、

捕れないと分つた今晩それは、
なんともかんともありありと見える――

（一九三五・一、一一）

吾子《あこ》よ吾子《あこ》

ゆめに、うつつに、まぼろしに……
見ゆるは、何ぞ、いつもいつも
心に纏《まと》ひて離れざるは、
いかなる愛《なさけ》、いかなる夢ぞ、

思ひ出でては懐かしく
心に沁みて懐かしく
磯辺の雨や風や嵐が
にくらしうなる心は何ぞ

雨に、風に、嵐にあてず
育てばや、めぐしき吾子《あこ》よ、
育てばや、めぐしき吾子よ、
育てばや、あゝいかにせん

思ひ出でては懐かしく、
心に沁みて懐かしく、
吾子わが夢に入るほどは
いつもわが身のいたまるゝ

（一九三五・六・六）

桑名の駅

桑名の夜は暗かつた

蛙がコロコロ鳴いてゐた
夜更の駅には駅長が
綺麗な砂利を敷き詰めた
プラットホームに只独り
ランプを持つて立つてゐた

桑名の夜は暗かつた
蛙がコロコロ泣いてゐた
焼蛤貝《やきはまぐり》の桑名とは
此処《ここ》のことかと思つたから
駅長さんに訊ねたら
さうだと云つて笑つてた

桑名の夜は暗かつた
蛙がコロコロ鳴いてゐた
大雨《おほあめ》の、霽《あが》つたばかりのその夜《よる》は

風もなければ暗かつた

（一九三五・八・一二）

「此の夜、上京の途なりしが、京都大阪間の不通のため、臨時関西線を運転す」

龍巻

龍巻の頸《くび》は、殊にはその後頭《こうとう》は
老廃血《ふるち》でいつぱい

曇つた日の空に
龍巻はさも威勢よく起上るけれど
実は淋しさ極まつてのことであり
やがても倒れなければならない

浪に返つた龍巻は
たゞたゞ漾《ただよ》ふ泡となり

呼んでも呼んでも
もはや再起の心はない

（一九三五・九・一六）

曇つた秋

1

或る日君は僕を見て嗤《わら》ふだらう、
あんまり蒼い顔してゐるとて、
十一月の風に吹かれてゐる、無花果《いちじく》の葉かなんかのやうだ、
棄てられた犬のやうだとて。

まことにそれはそのやうであり、
犬よりもみじめであるかも知れぬのであり
僕自身時折はそのやうに思つて
僕自身悲しんだことかも知れない

それなのに君はまた思ひ出すだらう
僕のゐない時、僕のもう地上にゐない日に、
あいつあの時あの道のあの箇所で
蒼い顔して、無花果の葉のやうに風に吹かれて、――冷たい午後だつた――
しよんぼりとして、犬のやうに捨てられてゐたと。

2

猫が鳴いてゐた、みんなが寝静まると、
隣りの空地で、そこの暗がりで、

まことに緊密でゆつたりと細い声で、
ゆつたりと細い声で闇の中で鳴いてゐた。

あのやうにゆつたりと今宵一夜《ひとよ》を
鳴いて明《あか》さうといふのであれば
さぞや緊密な心を抱いて
猫は生存してゐるのであらう……

あのやうに悲しげに憧れに充ちて
今宵ああして鳴いてゐるのであれば
なんだか私の生きてゐるといふことも
まんざら無意味ではなささうに思へる……

猫は空地の雑草の蔭で、
多分は石ころを足に感じ
その冷たさを足に感じ、

霧の降る夜を鳴いてゐた――

3

君のそのパイプの、
汚れ方だの焦《こ》げ方だの、
僕はいやほどよく知つてるが、
気味の悪い程鮮明に、僕はそいつを知つてるのだが……

今宵ランプはポトホト燻《かゞ》り、
君と僕との影は床《ゆか》に
或ひは壁にぼんやりと落ち、
遠い電車の音は聞こえる

君のそのパイプの、
汚れ方だの焦げ方だの、
僕は実によく知つてるが、

それが永劫の時間の中では、どういふことになるのかねえ？……
　今宵私の命はかゞり
　君と僕との命はかゞり、
　僕等の命も煙草のやうに
　どんどん燃えてゆくとしきや思へない

まことに印象の鮮明といふこと
我等の記憶、謂《い》はば我々の命の足跡が
あんまりまざまざとしてゐるといふことは
いつたいどういふことなのであらうか

　今宵ランプはポトホト燻り
　君と僕との影は床に
　或ひは壁にぼんやりと落ち、
　遠い電車の音は聞える

どうにも方途がつかない時は
諦めることが男々しいことになる
ところで方途が絶対につかないと
思はれることは、まづ皆無

そこで命はポトホトかゞり
君と僕との命はかゞり
僕等の命も煙草のやうに
どんどん燃えるとしきや思へない

コホロギガ、ナイテ、ヰマス
シウシン　ラッパガ、ナッテ、ヰマス
デンシヤハ、マダマダ、ウゴイテ、ヰマス
クサキモ、ネムル、ウシミツドキデス
イイエ、マダデス、ウシミツドキハ

コレカラ、ニジカン、タッテカラデス
ソレデハ、ボーヤハ、マダオキテヰテイイデスカ
イイエ、ボーヤハ、ハヤクネルノデス
ネテカラ、ソレカラ、オキテモイイデスカ
アサガキタナラ、オキテイイノデス
アサハ、ドーシテ、コサセルノデスカ
アサハ、アサノホーデ、ヤッテキマス
ドコカラ、ドーシテ、ヤッテクル、ノデスカ
オカホヲ、アラッテ、デテクル、ノデス
ソレハ、アシタノ、コトデスカ
ソレガ、アシタノ、アサノ、コトデス
イマハ、コホロギ、ナイテ、ヰマスネ
ソレカラ、ラッパモ、ナッテ、ヰマスネ
デンシヤハ、マダマダ、ウゴイテ、ヰマス
ウシミツドキデハ、マダナイデスネ

ヲハリ

（一九三五・一〇・五）

（無気味な程の静寂……）

⦅無気味な程の静寂……
どんな嵐を呼ぶのやら
どんな嵐も呼ばないのやら
私は私の生涯の
決定的な時期が今と知りながら
（何故なら私は壁につき当つてゐるから）
それがさうだと分るだけで
そのほか何にも分りません
記憶は過去に澎《ホー》湃し
素材としてのみ澎《ホー》湃し
それらが何の感情を
そそるでもない此のわたくしに

ある感情とては肉親の愛
それから羞恥の情くらゐ……
なんとみじめなことぢややら
とはいへ嘆きもならぬ心
私は鬼かはた何か――
何か彼《かに》かは知らねども
エイ、役が欲し、役が欲し！
仕事が欲しいと云ふのぢやイ！》

幻想

その殻は割れ
中より実　はみだし
その殻は割れ
中より実　はみだせ！

＊

（私《わたくし》よ、黙れといふに！）

（一九三五・一〇・六）

砂漠

砂漠の中に、
　火が見えた！
砂漠の中に、
　火が見えた！

あれは、なんでがな
　あつたらうか？
あれは、なんでがな
　あつたらうか？

陽炎《かげろふ》は、襞《ひだ》なす砂に
　ゆらゆれる。
陽炎は、襞なす砂に
　ゆらゆれる。

　　砂漠の空に、
　　　火が見えた！
　　砂漠の空に、
　　　火が見えた！

あれは、なんでがな
　あつたらうか？
あれは、なんでがな
　あつたらうか？

　　疲れた駱駝《らくだ》よ、
　　　無口な土耳古人《ダッチ》よ

あれは、なんでがな
　あつたらうか？

疲れた駱駝は、
　己が影みる。
無口な土耳古人《ダッチ》は
　それまし目をする。

砂丘の彼方《かなた》に、
　火が見えた。
砂丘の彼方に、
　火が見えた。

一夜分の歴史

その夜は雨が、泣くやうに降つてゐました。
瓦はバリバリ、煎餅《せんべい》かなんぞのやうに、
割れ易いものの音を立ててゐました。
梅の樹に溜つた雨滴《しづく》は、風が襲ふと、

他の樹々のよりも荒つぽい音で、
庭土の上に落ちてゐました。
コーヒーに少し砂糖を多い目に入れ、
ゆつくりと掻き混ぜて、さてと私は飲むのでありました。

と、そのやうな一夜が在つたといふこと、
明らかにそれは私の境涯の或る一頁であり、
それを記憶するものはただこの私だけであり、
その私も、やがては死んでゆくといふこと、
それは分り切つたことながら、また驚くべきことであり、
而も驚いたつて何の足しにもならぬといふこと……
――雨は、泣くやうに降つてゐました。
梅の樹に溜つた雨滴《しづく》は、他の樹々に溜つたのよりも、
風が吹くたび、荒つぽい音を立てて落ちてゐました。

（夏が来た）

夏が来た。
空を見てると、
旅情が動く。

僕はもう、都会なんぞに憧れはせぬ。
文化なんぞは知れたもの。
然し田舎も愛しはえせぬ、
僕が愛すは、漂泊だ！

「生活」か？
そんなものなぞあらうた思はぬ。
とんだ美事な美辞に過ぎまい。

どうせ理念もへちまもないのだ、
たゞたゞ卑猥があるばかり、
それとも気取りがあるばかり。
僕はもう、十分倦き倦きしてゐる！

夏が来た。
空を見てると
旅情が動く。

「生活」とやらが……聞いてあきれる。

（一九三六・六・三〇）

暗い公園

雨を含んだ暗い空の中に

大きいポプラは聳《そそ》り立ち、
その天頂《てつぺん》は殆んど空に消え入つてゐた。

六月の宵、風暖く、
公園の中に人気はなかつた。
私はその日、なほ少年であつた。

ポプラは暗い空に聳り立ち、
その黒々と見える葉は風にハタハタと鳴つてゐた。
仰ぐにつけても、私の胸に、希望は鳴つた。

今宵も私は故郷《ふるさと》の、その樹の下に立つてゐる。
其の後十年、その樹にも私にも、
お話する程の変りはない。
けれど、あゝ、何か、何か……変つたと思つてゐる。

（一九三六・一一・一七）

断片

（人と話が合ふも合はぬも
所詮は血液型の問題ですよ）？……

恋人よ！　たとへ私がどのやうに今晩おまへを思つてゐようと、また、おまへが私をどのやうに思つてゐようと、百年の後には思ひばかりか、肉体さへもが影をもとどめず、そして、冬の夜《よる》には、やつぱり風が、煙突に咆《ほ》えるだらう……
おまへも私も、その時それを耳にすべくもないのだし……
さう思ふと私は淋しくてたまらぬさう思ふと私は淋しくてたまらぬ
勿論このやうな思ひをすることが平常《いつも》ではないけれど、またこんなことを思つてみたところでどうなるものでもないとは思ふけれど、時々かうした淋しさは訪れて来て、もうどうしやうもなくなるのだ……

（人と話が合ふも合はぬも
所詮は血液型の問題ですよ）？……

さう云つてけろけろしてゐる人はしてるもいい……
さう云つてけろけろしてゐる人はしてるもいい……
人と話が合ふも合はぬも、所詮は血液型の問題であつて、だから合ふ人と合へばい
い合はぬ人とは好加減《いいかげん》にしてればいい、と云つてけろけろ出来ればなんといいこ
つたらう……

恋人よ！　今宵煙突に風は咆え、
僕は灯影《ほかげ》に坐つてゐます
そして、考へたつてしやうのないことばかりが考へられて
耳ゴーと鳴つて、柚子酸《ゆずす》ツぱいのです

そして、僕の唱へる呪文(?)ときたら
笑つちや不可《いけ》ない、こんなものです
ラリルレロ、カキクケコ
ラリルレロ、カキクケコ

現にかういつてゐる今から十年の前には、
あの男もゐたしあの女もゐた
今もう冥土に行つてしまつて
その時それを悲しんだその母親も冥土に行つた
もう十年にもなるからは
冥土にも相当お馴れであらうと
冗談さへ云ひたい程だが
とてもそれはさうはいかぬ
十二年前の恰度《ちやうど》今夜
その男と火鉢を囲んで煙草を吸つてゐた

その煙草が今夜は私独りで吸つてゐるゴールデンバットで、
ゴールデンバットと私とは猶存続してるに
あの男だけゐないといふのだから不思議でたまらぬ
勿論あの男が埋葬されたといふことは知つてるし
とまれ僕の気は慥《たし》かなんだ
だが、気が慥かといふことがまた考へやうによつては、たまらないくらゐ悲しいこ
とで
気が慥かでさへなかつたならば、尠《すくな》くとも、僕程に気が慥かでさへなかつたならば、
かうまざまざとあの男をだつて今夜此処《ここ》で思ひ出すわけはないのだし、思ひ出し
て、妙な気持（然り、妙な気持、だつてもう、悲しい気持なぞといふことは通り
越してゐる）にならないでもすみさうだ

そして、
（人と話が合ふも合はぬも
所詮は血液型の問題ですよ）と云つて
僕も、万事都合といふことだけを念頭に置いて

考へたつて益にもならない、こんなことなぞを考へはしないで、尠くも今在るより
は裕福になつてゐたでもあらうと……

夏の夜の博覧会はかなしからずや

1

夏の夜の、博覧会は、哀しからずや
雨ちよと降りて、やがてもあがりぬ
夏の夜の、博覧会は、哀しからずや

女房買物をなす間、かなしからずや
象の前に僕と坊やとはゐぬ
二人蹲《しやが》んでゐぬ、かなしからずや、やがて女房きぬ

三人博覧会を出でぬかなしからずや
不忍《しのばず》ノ池の前に立ちぬ、坊や眺めてありぬ

そは坊やの見し、水の中にて最も大なるものなりき、かなしからずや、
髪毛風に吹かれつ
見てありぬ、見てありぬ、かなしからずや
それより手を引きて歩きて
広小路に出でぬ、かなしからずや

広小路にて玩具を買ひぬ、兎の玩具かなしからずや

2

その日博覧会に入りしばかりの刻《とき》は
なほ明るく、昼の明《あかり》ありぬ、

われら三人《みたり》飛行機にのりぬ

例の廻旋する飛行機にのりぬ

飛行機の夕空にめぐれば、
四囲の燈光また夕空にめぐりぬ

夕空は、紺青の色なりき
燈光は、貝釦《ボタン》の色なりき

その時よ、坊や見てありぬ
その時よ、めぐる釦を
その時よ、坊やみてありぬ
その時よ、紺青の空!

（一九三六・一二・二四）

夏と悲運

とど、俺としたことが、笑ひ出さずにやゐられない。

思へば小学校の頃からだ。
例へば夏休みも近づかうといふ暑い日に、
唱歌教室で先生が、オルガン弾いてアーエーイー
すると俺としたことが、笑ひ出さずにやゐられなかつた。
格別、先生の口唇が、鼻腔が可笑《をか》しいといふのぢやない、
起立して、先生の後《あと》から歌ふ生徒等が可笑しいといふのでもない、
それどころか、俺は大体、此の世に笑ふべきものがあらうとは思つちやゐなかつた。
それなのに、とど、笑ひ出さずにやゐられない。
すると先生は、俺を廊下に立たせるのだつた。
俺は風のよく通る廊下で、随分淋しい思ひをしたもんだ。
俺としてからが、どう反省のしようもなかつたんだ。

別に邪魔になる程に、大声で笑つたわけでもなかつたし、
それにしてもだ、先生がカン〳〵になつてたことは事実だし、
先生自身何をそんなに怒るのか知つてゐぬらしいことも事実だし、
俺としたつて意地やふざけで笑つたわけではなかつたのだ。
俺は廊下に立たされて、何がなし、「運命だ」と思ふのだつた。

大人となつた今日でさへ、さうした悲運はやみはせぬ。
夏の暑い日に、俺は庭先の樹の葉を見、蝉を聞く。
やがて俺は人生が、すつかり自然と游離《いうり》してゐるやうに感じだす。
すると俺としたことが、とど、笑ひ出さずにやゐられない。
格別俺は人生がどうのかうのと云ふのではない、
理想派でも虚無派でもあるわけではない。
孤高を以て任ずるなどといふのぢや尚更ない。
しかし俺としたことが、とど、笑ひ出さずにやゐられない。
どうして笑はざゐられぬか、実以て俺自身にも分らない。

しかしそれが結果する悲運ときたらだ、いやといふほど味はつてゐる。

（一九三七・七・一二）

夏

僕は卓子《テーブル》の上に、
ペンとインキと原稿紙のほかなんにも載せないで、
毎日々々、いつまでもジツとしてゐた。

いや、そのほかにマッチと煙草と、
吸取紙くらゐは載つかつてゐた。
いや、時とするとビールを持つて来て、
飲んでゐることもあつた。

戸外《そと》では蟬がミンミン鳴いた。

風は岩にあたつて、ひんやりしたのがよく吹込んだ。
思ひなく、日なく月なく時は過ぎ、

とある朝、僕は死んでゐた。
卓子《テーブル》に載つかつてゐたわづかの品は、
やがて女中によつて瞬く間に片附けられた。
――さつぱりとした。さつぱりとした。

中原中也年譜

明治四十年（一九〇七）

四月二十九日、山口県吉敷《よしき》郡山口町大字《おおあざ》下宇野令《しもうのりよう》村第三百四十番屋敷（現・山口市湯田温泉一丁目十一番二十三号）に生まれた。柏村謙助・フクの長男。当時謙助は陸軍一等軍医（大尉）として旧関東州の旅順に勤務していた。十一月、フクは中也とフクの実母・スヱとともに旅順に赴く。以後謙助の転任に従って、山口、広島、金沢と移住。この間、次男亜郎、三男恰三《こうぞう》、四男思郎が生まれた。謙助は三等軍医正（少佐）に昇進している。

大正三年（一九一四） 七歳

三月、謙助は朝鮮の竜山（現・ソウル市）の聯隊の軍医長として単身赴任。家族は山口の中原医院に帰る。四月、中也は下宇野令尋常高等小学校に入学。

大正四年（一九一五） 八歳

一月、亜郎病没（四歳）。後に中也は、この年に亡弟亜郎を歌ったのが詩作の最初と記録する。八月、謙助、竜山より山口に帰任。十月、謙助は中原家と養子縁組を届け出る。「柏村中也」も「中原中也」となった。翌年、五男呉郎誕生。

大正六年（一九一七）　十歳
四月、謙助は願によって予備役に編入され、湯田医院（後に中原医院と再改称）を受け継ぐ。後に町会議員を務めた。

大正七年（一九一八）　十一歳
五月、小学校教師の勧めで、県立山口中学受験準備のため、山口師範附属小学校に転校。この年、六男拾郎誕生。

大正九年（一九二〇）　十三歳
二月、「婦人画報」に短歌一首、「防長新聞」に三首が入選掲載された。四月、県立山口中学に十二番で入学。しかし一学期の試験の結果、八十番に落ちた。この頃から読書欲起こり、次第に学業を怠り始めた。

大正十年（一九二一）　十四歳
学業成績さらに不振。十月、「防長新聞」に短歌二首が入選掲載された。以後同紙への投稿を続け、大正十二年までに約八十首が掲載された。

大正十一年（一九二二）　十五歳
五月、「防長新聞」記者吉田緒佐夢（理）、山口中学の上級生宇佐川紅萩（正明、山川千冬）とともに歌集『末黒野《すぐろの》』を私家版として刊行。「温泉集」と題して二十八首を収め、「防長新聞」に好意的な批評が出た。すでに飲酒を覚えている。六月、山口中学弁論会に出場、「将来の芸術」について論じる。八月、成績挽回のため、大分県宇佐郡封戸《ふべ》村（現・豊後高田市水崎）の西光寺に勉強に行く。帰宅後しばらく念仏を唱えた。十一月、山口中学で開催された小・中・高専連合弁論大会に出場、演題「第一義における生（き）方」。

大正十二年（一九二三）　十六歳

三月、落第。一家を失望させた。家族で協議の結果、京都の立命館中学三年に転校。岡崎西福ノ川、沢田方に下宿。九月、聖護院西町九、藤本方に、十一月、丸太町中筋菊ヤ方に移転。この頃、丸太町橋際の古本屋で『ダダイスト新吉の詩』を読み、影響を受ける。冬、〈大空詩人〉と呼ばれていた永井叔《よし》と知り合う。関東大震災のため京都に来て、小劇団表現座に所属していた三歳年長の長谷川泰子を永井から紹介された。

大正十三年（一九二四）　十七歳

四月、長谷川泰子と同棲し、大将軍西町椿寺南裏、谷本方に移転。七月～十一月、東京外国語学校仏語部に在籍中の富永太郎、京都に滞在。中原と交遊。九月、寺町今出川下ル西入ル、高田方に移転。秋、「詩の宣言」を書く。ダダイズム風の詩、小説などの習作あり。〈ダダさん〉と呼ばれる。

大正十四年（一九二五）　十八歳

二月、寺町今出川一条下ル中筋角、山本方へ移転。三月、泰子とともに上京。豊多摩郡戸塚町源兵衛一九五、林方（現・新宿区西早稲田三丁目）に居住。早稲田高等学院、日本大学予科を受験する希望をもっていたが、両方とも受験できない。四月、富永太郎の紹介により、同月東大フランス文学科に入学した小林秀雄と知る。小林、富永とも「山繭」(前年十二月創刊)の同人であった。中旬、いったん帰省、一年間東京の予備校に通う許可を得て上京、中野に移転。豊多摩郡中野町打越一九八五、永島方(現・中野区中野五丁目)か。五月、豊多摩郡杉並町高円寺二四九、若林方(現・杉並区高円寺南二丁目四十九番)に移転。杉並町馬橋の小林秀雄の家の近くである。この頃から小林と泰子は恋愛関係に陥る。八月、詩に専心しようと決心する。十月、「秋の愁嘆」を書く。十一月十二日、富永太郎肺結核で死去。下旬、泰子と小林は杉並町天沼の家で同棲。中原は中野町西町(あるいは桃園)一三三九五、関根方に転居。この年、評論「地上組織」を書く。またこの年の暮か翌年初め、当時は無名の詩人であった宮沢賢治の『春と修羅』を購入、愛読。

大正十五年・昭和元年(一九二六) 十九歳

二月、「むなしさ」を書く。四月、日本大学予科文科入学。五月、中野町桃園三四六五、篠田方(現・中野区中野三丁目)に移転。五月〜八月、「朝の歌」を書く。後に〈「朝の歌」にてほゞ方針立つ〉と記す。九月、家に無断で日大を退学。アテネ・フランセに通う。この年、「臨終」を書く。

昭和二年(一九二七) 二十歳

春、河上徹太郎と知る。「地極の天使」を送る。九月、辻潤を、十月、高橋新吉を訪ねる。同月、中野町上町(現・中野区中央三〜四丁目)に移転。河上の紹介で諸井三郎と知り、自作の詩の作曲を依頼。諸井は前衛的な音楽グループ「スルヤ」の主要メンバーである。この年、処女詩集の刊行を考えていた。

昭和三年（一九二八） 二十一歳

一月、「幼なかりし日」を書く。同月、内海誓一郎と知る。三月、小林秀雄の紹介により、大岡昇平と知る。大岡は当時小林にフランス語の個人教授を受けていた。この月、父謙助発病。胃癌と言われている。見舞のため、中也は五月までに二度帰郷。五月、日本青年館で「スルヤ」第二回発表演奏会。諸井三郎作曲の「朝の歌」「臨終」が歌われ、二篇の詩は歌詞として機関誌「スルヤ」第二輯に掲載された。同月十六日、父謙助没。五十一歳。しかし喪主である中也は帰省しない。同月下旬、小林は神経症的な泰子との生活に見切りをつけ、単身大阪へ行く。六月、日大に通っていないことが母に知られた。九月、大岡昇平の紹介により安原喜弘と知る。同月豊多摩郡高井戸町下高井戸二丁目二四三（現・杉並区下高井戸四丁目）に移転。関口隆克、石田五郎と共同生活。十月、評論「生と歌」を「スルヤ」第三輯に発表。

昭和四年（一九二九） 二十二歳

一月、豊多摩郡渋谷町神山二十三林方（現・渋谷区神山町）に移転。四月、同人雑誌「白痴群」を河上徹太郎、大岡昇平、安原喜弘、阿部六郎、内海誓一郎、富永次郎、古谷綱武、村井康男と創刊。創刊号に「寒い夜の自我像」などを発表。同月、酔って渋谷町会議員の家の軒燈を壊し、十五日間渋谷署に留置された。五月下旬、北豊島郡長崎町一〇三七、黒沢方（現・豊島区長崎一丁目か）に転居。七月末、豊多摩郡中高井戸三十七（現・杉並区松庵三丁目）に移転。高田博厚のアトリエの近くで、高田は中原の塑像を作った。九月、「夏」「木蔭」を、十一月、「秋」「心象」をそれぞれ「白痴群」第三号、第四号に発表。

昭和五年（一九三〇）　二十三歳

一月、「修羅街輓歌」「暗い天候三つ」（一部「冬の雨の夜」と改題）「みちこ」などを「白痴群」第五号に発表。ヴェルレーヌ「ポーヴル・レリアン」を訳載。四月、「盲目の秋」「わが喫煙」「汚れつちまつた悲しみに……」「妹よ」「つみびとの歌」「無題（こひ人よ）」「失せし希望」「生ひ立ちの歌」「雪の宵」「時こそ今は……」などを「白痴群」第六号に発表。評論「詩に関する話」も詩とともに掲載。「白痴群」はこの号をもって廃刊。同月、弟恰三、日本医科大学入学。下旬から五月初旬まで京都旅行。また安原喜弘と奈良に遊び、カトリック教会に旧知のビリオン神父を訪問。五月上旬、「スルヤ」第五回発表演奏会。内海誓一郎作曲「帰郷」「失せし希望」、諸井三郎作曲「老いたるものをして」が歌われた。八月上旬、山口県萩町に滞在。下旬、豊多摩郡代々幡町代々木山谷一一二近間方（現・渋谷区代々木二丁目）に移転。同月、「湖上」を古谷綱武の「桐の花」に発表。九月、中央大学予科に編入学。フランス行きの手段として外務書記生の受験を志し、その第一歩として東京外国語学校の入学資格を得るためである。同月、レッテ「ヴェルレーヌ訪問記」を「社会及国家」に訳載。十月、「夏と私」を「桐の花」に発表。秋、吉田秀和と知る。間もなく吉田にフランス語を教える。十二月、長谷川泰子、山川幸世の子を出産。中原が名附親となり、茂樹と命名した。

昭和六年（一九三一）　二十四歳

二月～三月、「羊の歌」を書き、安原喜弘に贈った。四月、東京外国語学校専修科仏語部入学。夜間部である。五月頃、青山二郎と知り、「三毛猫の主の歌へる」を贈る。七月下旬、豊多摩郡千駄ヶ谷町千駄ヶ谷八七二高橋方（現・渋谷区代々木二丁目）に転居。九月十八日、柳条湖事件（満州事変）勃発。二十六日、恰三病没。二十歳。葬儀のため帰省。十月、「疲れやつれた美しい顔」「死別の翌日」を、十二月、「Tableau Triste」を安原喜弘に送る。冬、高森文夫と知る。下旬、千駄ヶ谷八七四、隅田方に転居。

昭和七年（一九三二）　二十五歳

二月、「憔悴」を書く。ヴィヨン「プチ・テスタマン」を翻訳。三月、安原喜弘、山口を訪れる。長門峡などを案内する。四月、ランボー「食器戸棚」を翻訳。五月、『山羊の歌』の編集に着手。同月、『世界音楽全集』第二十七巻（日本歌曲集）に諸井三郎作曲「朝の歌」「臨終」「空しき秋」、内海誓一郎作曲「帰郷」「失せし希望」が収録された。この頃、下宿で安原ら友人にフランス語を教え始める。六月、『山羊の歌』の編集を終わる。下旬、予約募集の第一回通知を出す。会費四円、一五〇口集まれば二〇〇部印刷する予定であったが、内海誓一郎、関口隆克ら十名程度の申込しかなかった。七月上旬、第二回予約募集通知。結果は前回と同じ。八月、宮崎県の高森文夫宅へ行く。高森とともに延岡—青島—吉松—本渡—長崎を旅行。山口に帰り、金沢を回って帰京。月末、荏原《えばら》郡馬込町北千束六二一淵江方（現・大田区北千束二丁目四十四番）に転居。高森文夫の伯母の家で、はじめ高森が、後に高森の弟淳夫が同居した。九月、フクから貰った三〇〇円で『山羊の歌』の印刷にかかる。印刷所は麻布六本木の美鳳社。しかし本文を印刷しただけで資金が続かなくなり、刷り上がった本文と紙型とを安原の自宅に預ける。十二月、クルトピスター『ゴッホ』の訳述を安原喜弘の名で玉川学園出版部より刊行。この頃ノイローゼ状態となり、強迫観念に襲われて幻聴があったという。高森の伯母が心配してフクに手紙を出した。淵江方に移転後、高森の従妹に結婚を申し込むが断られる。

昭和八年（一九三三）　二十六歳

一月、安原喜弘に「冬の夜」を送る。ノイローゼは徐々に回復した模様。この頃、高森の伯母を通じて坂本睦子に結婚を申し込むが成立しない。坂口安吾と知る。四月、三月、東京外国語学校専修科修了。四月、『山羊の歌』を芝書店に持ち込んだが断られた。以後翌年にかけて、江川書房、建設社、隆章閣に中原、安原が当っているが不調に終る。同月、下宿で近所の学生にフランス語の個人教授を始める。五月、牧野信一、坂口安吾の紹介で、同人雑誌「紀元」に加わる。月末、腎臓炎を患う。六月以後、「半仙戯」季刊「四季」「紀元」などに未刊行の『山羊の歌』の詩篇を発表。八月、帰省。「虫の声」などを書く。十月、小説「亡弟」を書く。秋、遠縁に当る上野孝子と見合いをし、十二月三日、郷里で挙式。十日、『ランボオ詩集《学校時代の詩》』を三笠書房より刊行。本邦初訳で好評であった。十三日、上京。四ツ谷区花園町九十五、花園アパート二号館（現・新宿区新宿一丁目二十七番）に新居を構えた。同じアパートに青山二郎がいた。小林秀雄、大岡昇平も来た。

昭和九年（一九三四）　二十七歳

二月、「ピチベの哲学」を「紀元」に発表。四月、「狂気の手紙」「昏睡」を書く。同月「紀元」を脱退か。六月、「骨」を「紀元」に発表。「道化の臨終」「お道化うた」を書く。顔に大きな面疔ができた。夫人が眼病を患い、看病につとめる。七月、評論「詩と其の伝統」を「文学界」に発表。上旬、身重の夫人とともに帰省。高森文夫を訪ねて二度目の宮崎旅行。九月、郷里にあってランボーの詩の翻訳を始める。建設社で企画された『ランボオ全集』のためである（全集は刊行されなかった）。下旬、夫人の出産が遅れているため、単身上京。十月十八日、長男文《ふみ》也《や》誕生。その二日後、亡弟恰三を想起した「秋岸清涼居士」を書く。十一月、小林秀雄の紹介により、文圃堂の野々上慶一が『山羊の歌』を引き受ける。装幀を高村光太郎に依頼。この頃、草野心平と知る。また檀一雄のところで太宰治と知る。十二月八日『山羊の歌』が出来上がり、寄贈本などの発送を済ませて帰省。「星とピエロ」「誘蛾燈詠歌」「(なんにも書かなかったら)」を書く。翌年三月まで郷里に滞在、ランボーを訳す。「芸術論覚え書」もこの時に書かれたか。

昭和十年（一九三五）　二十八歳

一月から小林秀雄が「文学界」の編集責任者となり、同誌は中原の自由な発表舞台となった。一月、「坊や」「僕が知る」「初恋集」「月夜とポプラ」「僕と吹雪」「不気味な悲鳴」を書く。二月、エッセー「近時詩壇寸感」を「四季」に発表。三月初旬、長門峡に遊び、帰途吐血。月末、単身上京。四月、「我がヂレンマ」を「四季」に、「冬の夜」を「日本詩」に、「春と赤ン坊」「雲雀」を「文学界」に、評論「宮沢賢治全集」を「宮沢賢治研究」創刊号に発表。「十二月《しはす》の幻想」「聞こえぬ悲鳴」を書く。このころまでに『山羊の歌』の書評、推薦文など数点が出る。概して好評。五月、逸見《へんみ》猶吉、高橋新吉、草野心平らとともに第一次「歴程」を創刊、「北の海」などを発表。また「朝鮮女」を「文学界」に発表。六月、「この小児」を「文学界」に発表。同月、日本青年館で「日本歌曲新作発表会」が開かれ、諸井三郎作曲の「妹よ」「春と赤ン坊」が太田綾子によって歌われた。牛込区市ヶ谷谷町六十二（現・新宿区住吉町）に転居。月末、帰省。八月、「初夏の夜」を「文学界」に発表。「桑名の駅」を書く。九月頃、フクは読売新聞社に中也の就職を依頼するが不調。十月、「秋日狂乱」を「旗」十三輯に発表。「曇つた秋」を書く。萩原朔太郎の出版記念会に出席。十一月、諸井三郎作曲「妹よ」をJOBK（大阪放送局）が放送、伊東静雄『わがひとに与ふる哀歌』の出版記念会に出席。伊東は中原宅に泊まる。十二月、「四季」の同人となることを承諾。

昭和十一年（一九三六）　二十九歳
一月、「含羞《はぢらひ》」を「文学界」に、「除夜の鐘」を「四季」に、「頑是ない歌」を「文芸汎論」に発表。二月、「冷たい夜」を「四季」に、「冬の日の記憶」を「文学界」に発表。ランボー「最も高い塔の歌」を「椎の木」に訳載。三月、「歴程」は第二次創刊号を刊行。同誌に「倦怠輓歌」と題して「白紙《ブランク》」「お道化うた」などと、書評「菊岡久利著『貧時交』」を発表。四月、「冬の明け方」と評論「作家と孤独」を「歴程」に発表。五月、「春の日の歌」と追悼文「思ひ出す牧野信一」を「文学界」に、「雪の賦」を「四季」に発表。六月、「六月の雨」を「文学界」に発表。七月、この「六月の雨」が「文学界賞」の選外一席となり、残念がっていたという。「春宵感懐」を「文学界」に、「わが半生」を「四季」に、「曇天」を「改造」に発表。二十四日、文也の将来を考え、日記に「遺言的記事」を書く。中原は文也が詩人になることを期待していた。八月、「思ひ出」を「文学界」に、「夜更の雨」「幼獣の歌」を「四季」初秋号に発表。この月、評論「我が詩観」を書く。「詩的履歴書」を付し、自己の詩人としての資質とその展開を記録する。九月、「秋を呼ぶ雨」を「文芸懇話会」に発表。十月、「はるかぜ」を「歴程」に、「秋の一日」(改題「秋の日」)を「文学界」に、「蜻蛉に寄す」を「むらさき」に、随筆「金沢の思ひ出」を「隼」に発表。秋、中原岩三郎の斡旋で放送局(現在のNHK)入社の話があり、文芸部長小野賢一郎に面接したが実現しなかった。十一月、「幻影」を「文学界」に、「ゆきてかへらぬ」を「四季」に、「一つのメルヘン」を「文芸汎論」に発表。七日頃、文也(二歳)の容態急変、入院させて看護に努めたが、十日に死去。小児結核であった。悲嘆はなはだし。十五日、次男愛雅《よしまさ》誕生。十七日、「暗い公園」を書く。十二月、「言葉なき歌」を「文学界」に、「現代と詩人」を「作品」に、「米子」を「ペン」に、エッセー「詩壇への抱負」を「都新聞」に発表。二十四日、日記に「文也の一生」を書いた後、「夏の夜の博覧会はかなしからずや」「冬の長門峡」を書く。第二詩集『在りし日の歌』の原型もこの頃構想されていた形跡がある。しかし精神に変調を来たし、幻聴があった。夫人からの連絡により、母フク、弟思郎が元旦の朝早く東京着。

昭和十二年(一九三七) 三十歳

一月初旬、フクは中原にそれと知らせず、中原を千葉市千葉寺にある神経科の中村古峡療養所に入院させた。この時のカルテは昭和五十四年(一九七九)に発見され、加賀乙彦によって中原の病気はノイローゼ圏のものと判定された。二月、「また来ん春……」「月の光 その一」「月の光 その二」を「文学界」に、「月夜の浜辺」を「新女苑」に、エッセー

「詩壇への願ひ」を「文芸通信」に発表。入院中「泣くな心」「雨が、降るぞえ」などを書く。十五日、退院。二十七日、文也が死んだ家にはいたくないという理由で、神奈川県鎌倉町扇ケ谷《おおぎがやつ》一八一（現・鎌倉市扇が谷一丁目十七番七号）の寿福寺の敷地内の家に転居。鎌倉には小林秀雄、大岡昇平が住んでいた。三月、「或る夜の幻想」を「四季」に発表。教会でジョリー神父を知る。以後数回ジョリー神父を訪問。四月、「冬の長門峡」を「文学界」に、「ひからびた心」を「文芸懇話会」に発表。五月、「春日狂想」を「文学界」に発表。六月、「雨の朝」を「四季」に発表。下旬、東京での「四季」の会に出席。七月七日、盧溝橋事件勃発。同月、「蛙声（天は地を蓋ひ）」を「四季」に、「子守唄よ」を「新女苑」に、「渓流」を「都新聞」に発表。「夏と悲運」を書く。心身の疲労回復せず、帰郷を決心する。八月、野田書房を訪ね『ランボオ詩集』の刊行を申し入れる。夏、ＪＯＡＫ（東京放送局）が中原の詩の朗読を放送。九月、「夏（僕は卓子《テーブル》の上に）」を「詩報」に、「道化の臨終」を「日本歌人」に発表。左手中指に痛みを覚え、痛風との診断を下される。同月、『ランボオ詩集』を野田書房より刊行。二十三日、二十四日、『在りし日の歌』の原稿の清書を終え、原稿を小林秀雄に託す。十月四日、安原喜弘を訪問、頭痛と視力障害を訴える。五日、眼科医来診。六日、鎌倉養生院（現・清川病院）に入院。入院時には脳腫瘍の疑いが持たれていた。十五日頃、フクが来たが、その時はすでに意識も明瞭ではなかった。

二十二日午前零時十分永眠。現在では病名は結核性脳膜炎とされている。二十四日、寿福寺で告別式。法名は放光院賢空居士。後、郷里の〈中原家累代之墓〉に葬られた。十一月、「紀元」が、十二月、「文学界」が追悼特集を組んだ。「文芸」「四季」も遺稿を掲載した。

昭和十三年（一九三八）　没後一年

一月十三日、次男愛雅、山口で病死。四月、『在りし日の歌』が創元社から刊行された。装幀青山二郎。初版六〇〇部、六月に三〇〇部を再版した。

（吉田凞生編）

解説

吉田凞生

1

中原中也は明治四十（一九〇七）年に山口で生まれ、昭和十二（一九三七）年に鎌倉で死んだ。わずか三十年の生涯であり、すでに死後半世紀以上が過ぎているが、その詩を愛する人は今日でも多い。中学や高校の教科書にもよく採られていて、若い人々を詩へ案内する役割も果たしている。現在では近代詩の古典となっているのである。

三十歳で早世したこの詩人は、二冊の詩集しか遺さなかった。『山羊の歌』（昭和九年、文圃堂）と『在りし日の歌』（昭和十三年、創元社）である。しかしそのほかにノートや草稿のままで残された詩がかなりあり、また雑誌などに発表されたが、詩集には収められなかった詩もあって、「未刊詩篇」と呼ばれて来る。そこで『中原中也詩集』を編む時は、二冊の詩集を幹とし、「未刊詩篇」の中から編者が適宜選択して、枝葉とするのを慣例とする。つまり中原中也を主とし、編者を従として共同で編纂するのである。

この『中原中也詩集』も慣例に従っているが、しかしこの編纂の仕方は一つの方法に過ぎない。読者は好きなところから好きなように読んで下さればよい。中原の詩には様々な表情があり、身振りがある。またそこから追惜、嘆き、嘲笑、お道化、祈りなどの心の揺らぎが肉声として、歌として伝わってくる。妙な言い方だが、中原の詩を読むとは、活字を通して、詩人の表情と身振りとを聴くことなのである。そしてその結果、読者が一篇の詩、いや一つの言葉についてでも、心を動かされる経験をされるなら、編者は幸せである。
なお、この詩集は角川書店版『中原中也全詩集』（昭和四十七年）を底本とした。仮名遣いは歴史的仮名遣いを保存したが、漢字は常用漢字を用いた。また読み易くするため、中原独自の漢字表記を一般的表記に改め、編者が適宜振り仮名を補ったところがある。

2

中原中也の詩には、近藤晴彦も言うように、ある「遠さの感覚」があって、それが彼の詩の一つの源泉をなしている。誰でも子供の頃、星空を仰いで、宇宙についての知識とは別に、言葉にならない不思議な感じにうたれた記憶があるはずだが、中原の詩にはそういう子供の記憶を一生持ち続けたようなところがある。

　幾時代かがありまして
　　茶色い戦争ありました

　幾時代かがありまして

冬は疾風吹きました

有名な「サーカス」の冒頭である。ここの「幾時代」というのは、歴史上の時代を言っているのではない。それを繰り返すことによって、遠い過去を暗示しているのである。この詩はこの後でサーカス小屋の中の風景を歌い、最後は「屋外」の暗い夜の時間が「劫々」と無限の未来へ向けて流れていく詩句で締めくくられている。サーカス小屋の賑わいは、そのような無限の時間の中の「現在」という一点、一風景に過ぎない。

こんな朝、遅く目覚める人達は
戸にあたる風と轍《わだち》との音によつて、
サイレンの棲む海に溺れる。

（「秋の一日」）

目覚めの際の夢とも現実ともつかぬ状態の表現だが、「風と轍の音」という日常現象が、「サイレン」というギリシア神話中の魔女の歌のイメージに変換されて、突然遠くへ押しやられる。とすれば、詩人は遠い神話的時間の残響としての一日を過ごすことになるだろう。「あらゆるものは古代歴史と／花崗岩のかなたの地平の目の色」であることを感じながら。詩人の耳には、舟人を魅惑して死に導くサイレンの歌が、ひそかに響き続けているはずである。

こういう「遠さの感覚」は、空間的なイメージとしても中原の詩に現れる。そしてそのイメージは、しばしば「空」と結びつく。

ある朝　僕は　空の　中に、
黒い　旗が　はためくを　見た。
はたはた　それは　はためいて　ゐたが、
音は　きこえぬ　高きが　ゆゑに。
（「曇天」）

「黒い旗」は、おそらく詩人の不運の象徴であろう。しかしそれは高くて手の届かないところにある。手繰り下ろせば不運は解消するのだが、遠すぎてできないのである。あるいはもっと単純な詩句でもよい。

山の彼方に、雲はたたずまひ、
山の端《は》は、あの永遠の目《ま》ばたきは、
却て一本《ひともと》の草花に語つてゐた。
（「（小川が青く光つてゐるのは）」）

しかしこのように「遠さの感覚」を時間と空間に分けて考えるのは、中原の詩については、あまり意味はない。たしかに時間と空間は、人間が自己をも含めた世界を認識するための、基本的な二つの軸である。しかし中原の詩では、時間と空間のイメージは、絶えず時空の認識が分かれていないところに立ち戻ろうとする。「曇天」の黒旗は、詩人に生まれながらにつきまとっていたという感を与えるし、「(小川が青く光つてゐるのは)」の「一本の草花」は、遠い「山の端」から「永遠」というメッセージを送られるのである。

してみれば、「幼獣の歌」で中原が自己を「太古」の幼い獣にたとえても不思議ではない。有名な「一つのメルヘン」にしても、そこに表現されているのは、日光と水と小石しかない原初的な世界であり、人間はいない。詩人もまた、一つの蝶と化してこれに生命の息吹を与えるだけである。こういう情景は、「自然」の風物に自己の日常的な情緒を託し、「自然」に包まれて生きる詩人からは決して生まれないだろう。

ちなみに、昭和十年代の詩人として、中原は当時の抒情詩の主流をなした詩誌「四季」と、少数派に近い「歴程」との両方の同人であった。こういう詩人は他に例がないが、原初的な宇宙感覚という点に限って言えば、「歴程」派に近いと思われる。

3

ところで世界と自己とについて、このような感覚をもった詩人が、現実の社会の中に生きるということは困難なことにちがいない。なぜなら近代は自己主張の時代であり、知識を重んじる合理主義の時代であり、科学文明の時代だからである。言葉もまた時代の動向に沿って、意味の伝達を機能的に、効率よく果たす役割を背負わされる。ところが詩人中原の言葉は、このような近代の言葉とは相容れないものであった。

中原の詩論のエッセンスを示す有名な言葉として、「芸術論覚え書」に見える「名辞以前」（＝言葉以前）という言葉がある。私たちは言葉を使うことで、ある物事を限定し、それを他の物事と区別する。これに対して中原は、詩というものは、言葉としての「意味」を形成する前の何かを暗示しなければならぬと考えていた。言い換えれば、言葉によって物事を分けること、限定することは、人間にとって余計なことなのだ。中原のこの「名辞以前」という思想が、彼の「太古」の世界を志向する幻想と対応するものであることは、言うまでもない。

しかし詩人も現実の中で、ということは他者との関係の中で生きなければならない。そして中原の言葉は、他者に向けられた鋭利な批評であり、その批評は反転して自己に突き刺さる性質のものであった。

中原は生来対人関係に敏感な詩人である。それゆえ彼は自己の幻想に何とか倫理的な価値を与えようとした。初めに言葉があったとすれば、「名辞以前」の世界とは、「神」に近い世界ではないか、と考えたのである。中原は幼い時からキリスト教に親しんでいた。その影響もあってか、はやくから、詩人とは神に代わって歌う「天才」だと考えていたし

(それは十八歳の時に書いた詩論、「地上組織」に述べられている)、それに対して「名辞」の世界に生きる人間は言葉を便利な「物」として使う「俗人」だと考えていた。詩人と俗人とでは、世界認識の方法がまったく違うというのが中原の信念であり、これは彼の生涯を通じて動いていない。

しかし神は人々に仰がれるであろうが、詩人はその善意にもかかわらず、「悪達者」な世人の「憎悪」によって陥れられる(「悲しい歌」)。そこで詩人は、自己の役割を教え指示してくれるように神に祈る。中原が「宗教詩人」と言われる理由がここにある。

一方、「名辞以前」の世界という考えは、それが自己の生に向けられた時、言葉を発する自己を否定し、死へ誘う考えでもある。詩人としての中原の自負は、現実から「無」の世界へ墜落することと背中合わせであった。読者は中原の詩に、現世に生きる悲しみとともに、自己と世界についての「亡びの感覚」が底流していることに気付かれるであろう。

亡びてしまつたのは
僕の心であつたらうか
亡びてしまつたのは
僕の夢であつたらうか
(略)
何ももう要求がないといふことは

もう生きてゐては悪いといふことのやうな気もする
それかと云つて生きてゐたくはある

（「昏睡」）

詩人として「生きてゐたく」あれば、言葉によって世界を変形しなければならない。中原が中学生の時に書いた「ダダ音楽の歌詞」は、幼いながらも断固とした変形への意志の宣言であり、その意志もまた一貫して保持された。しかし「物」としての言葉を拒否しても、詩人が使う特別の言葉などはない。だから彼にできることは、言葉の組み合わせを変えて、目に見えない「こと」として言葉をはたらかせ、自己の生と自己が発見した世界の暗喩を読者に伝えることだけである。

中原は詩を書くに当って、難解な言葉も高踏的な詩語も必要とはしなかった。彼が用いたのは生活に即した言葉だけであったが、それを読者の意表をつく方向に向けることによって、詩という「こと」が詩人とともに此岸と彼岸、見える世界と見えない世界を動き回っている何かであることを示したのであった。

おまへのその、白い二本の脛《あし》が、
　夕暮、港の町の寒い夕暮、
によきによきと、ペエヴの上を歩むのだ。

店々に灯がついて、灯がついて、
私がそれをみながら歩いてゐると、
おまへが声をかけるのだ、
どつかにはいつて憩《やす》みませうよと。

（「わが喫煙」）

「港の町」というのは多分横浜であろう。しかしこの町の点景は「寒い」という中原の愛用語によって、よそよそしい場所となり、それに代わって詩の主役は「二本の脛」となる。そして「私が」「脛」にではなく、「脛」が「私」に声をかけるという、主客転倒（あるいは部分と全体の転倒）が行われるのである。

こういう主客転倒が進むと、現実世界と幻想世界との交流が始まる。「六月の雨」では「眼《まなこ》うるめる面長き女《ひと》」がどこからともなく現れて消えていく。また晩年に書かれた「月の光」では、「死んだ子」が草叢や森の中に姿を現す。「虫の声」でも「月夜とポプラ」でも、詩人はまざまざと「幽霊」を見ている。さらに「骨」に至ると、死後の自分の骨を自分の「霊魂」が見ているという、奇抜な詩想が表れる。詩人はこの世とあの世との境界にいるのである。

4

中原の詩と生活とについて語られる場合、必ずと言っていいくらいそこに登場する女性がいる。長谷川泰子である。中原が山口中学を落第して京都の立命館中学に転校した時に知り合って同棲、大正十四年に中原と一緒に上京したが、間もなく小林秀雄のもとへ走った。しかし小林との生活も泰子の神経症的傾向のためにうまくいかず、三年たらずで破綻している。ちなみにこの三人の関係は、最近ではTVドラマ、演劇、劇画などの好素材となっている。また三人の関係に限らないが、福島泰樹が歌集『中也断唱』などで中原の詩と生活を歌い上げ、さらにそれを「絶叫コンサート」で、ダイナミックに肉声と音楽に乗せていることを紹介しておく。

この女性に対して、同棲していた時の中原は日常的に「女房」扱いにしていた。ところが小林が泰子と別れると、泰子は中原にとって「恋人」となった。しかも自分の愛を受け入れてくれない、運命的な永遠の女性として、である。

中原が泰子との関係について夢想していたのは、「自然な愛」ということだった。それは、一方では「おのずからなること」として無意識から発する男女の調和であり、他方では宗教的な奇跡に通じる魂の交流であった。中原は「自然な愛」が稀なことであり、しかもそれに気がつくことは、誰にでも許されてはいないと言っている（「盲目の秋」）。そうすると「自然な愛」が可能なのは、二つの試練をクリアした、特別に選ばれた人間ということになる。その試練は、中原の考えでは半ばは「神」が設けたものであった。

中原は泰子を「私の聖母《サンタ・マリヤ》」(同)と呼ぶ一方で、「いかに泰子、いまこそは/しづかに一緒に、をりませう。/遠くの空を、飛ぶ鳥も/いたいけな情け、みちてます。」と詩の中に本名を出して呼びかけている(「時こそ今は……」)。この「鳥」が二人の愛情の記号であることは明らかだが、「遠くの空」に囲まれた泰子との愛情空間が実現する見込みはない。泰子の心は依然として別れた小林の方に傾いていたからである。

そこで中原は泰子ではなく、自分を責めることになる。

こひ人よ、おまへがやさしくしてくれるのに
私は頑なで、子供のやうに我儘だつた!

(略)

そしてもう、私はなんのことだか分らなく悲しく、
今朝はもはや私がくだらない奴だと、自《みづか》ら信ずる!

(「無題」『山羊の歌』)

中原はこの詩で「私のけがらはしさを歎いてゐる」とも言い、恥も品位も正直さもなく、「私の幻想に駆られて、狂ひ廻る」とも言っている。このような苦悶と絶望の果てに、中原が「自分を罪人」とする認識とともに到達するのが、無償の献身という「愛」の幻想で

あり、それを「幸福」とする考えである。

私はおまへを愛してゐるよ、精一杯だよ。
いろんなことが考へられもするが、考へられても
それはどうにもならないことだしするから、
私は身を棄てておお前に尽さうと思ふよ。

またさうすることのほかには、私にはもはや
希望も目的も見出せないのだから
さうすることは、私に幸福なんだ。

（同）

これは実在の女性としての「泰子」への思いであると同時に、「聖母」への愛の表現である。中原は泰子を「おまへ」と呼びながら、「聖母」として、現実と幻想とを重ね合わせている。二人の関係にはもっと散文的な面があり、泰子から見た場合、京都で同棲していた時から中原との性的な不調和があった。だが、それは中原が抱いていた「愛」の幻想の真実を否定するものではない。ここでも中原は遠い彼岸へ眼を向けているのである。

5

死者との交信も中原の詩の特徴の一つである。中原は死の前年に書いた「詩的履歴書」（評論「我が詩観」に付記）で、自分の詩作は小学校一年生の時、次弟亜郎の死を契機として始まったと述べている。

昭和六年、三男の恰三《こうぞう》が病死した。「死別の翌日」が書かれ、ここでも中原は、死者の「清純さ」と生き残った者の「づうづうしさ」を対比させて、自らを責めている。そして亡弟へのこの想いは、「蟬」や「秋岸清涼居士」へと展開していく。「蟬」では無の世界に浮かぶ夢の中で死者との対話が交わされ、「秋岸清涼居士」では現実と冥府とが交錯する異様な情景の中で、自己と亡弟とが時には一体化し、時には離れる。詩人は死者に憑いていると言ってもよい。

このような死者との関係は、昭和十一年、中原が二歳の長男文也を失った時に最も濃密となった。人間関係における「間」——距離意識を失い、亡児に憑き過ぎた中原は精神異常を疑われて入院させられた。この前後、中原は「また来ん春……」「夏の夜の博覧会はかなしからずや」などの哀切な追悼歌を書き、「春日狂想」で亡児への贖罪意識を歌った。詩人は自分の想いが常識から見れば「狂想」であることを知っていたが、それでも死児への愛と、死者から引き離されて生きる生活の空しさを歌わずにはいられなかったのであった。

してみると、「幼なかりし日」や「風雨」を経て「含羞《はぢらひ》」で結晶する「在りし日」のイメージもまた、自己の過去の死とその現前という二重の視点から見られたものかも知れない。「在りし日」が「生前」の意味ではなく、「過ぎし日」「幼なかりし日」と同義であることは明らかなのだが、「含羞」の次のような詩句は、「在りし日」が不吉な死のイメージで彩られていることを感じさせる。

枝々の　拱《く》みあはすあたりかなしげの
空は死児等の亡霊にみち　まばたきぬ
をりしもかなた野のうへは
あすとらかんのあはひ縫ふ　古代の象の夢なりき

「死児等の亡霊」にみちた空に対応して、野には短命な子羊である「あすとらかん」の群がいる。これが「姉らしき」女性と詩人との幼い恋の記憶を包む幻想的な外界である。ただし、この「野」は、「不吉な空」に対して明るいのではないか、「古代の夢」は「か弱いもの」（＝子羊）と「巨大な力」（＝象）との間の「調和の夢」でもありうる、という加藤周一の指摘もある。

ともあれこのような「在りし日」が「仄《ほの》燃えあざやぐ」ことは、死の映像とともに、過去が現実として、生きているように蘇ったことを意味する。「死別の翌日」で生き残った自己を責めたように、中原は過去を前にして現在の自分を恥じている。それは一つには、天職としての詩人の役割が果たせないという挫折感に由来する。そしてこの挫折感と死の映像は重なり合っているのである。

6

「お道化うた」「道化の臨終」「星とピエロ」「幻影」などに見られるように、中原は詩人としての自分を、長生きできないピエロと自覚していた。そしてお道化によって、日常生活を重視する人間、日常性を無意識のうちに権威化している人間を嘲笑し、彼らが生きている世界を戯画化してみせた。

人よ汝《いまし》が「永遠」を、
　恋することのなかりせば、
シネマみたとてドッコイショのショ、
ダンスしたとてドッコイショのショ。
なぞと云つたら　笑はれて、
ささも聴いては　貰へない、
　　（略）
希《ねが》はくは、お道化お道化て、

ながらへし　小者にはあれ、
冥福の　多かれかしと、
神にはも　祈らせ給へ。

（「道化の臨終」）

この道化ぶりは、「永遠」＝全能の神に憧れた詩人が、反転して人間世界の現象を全否定しようとする意志の現れである。完璧を求める詩人の思考は、すべてか無かというようにはたらく。ここではかなり緩和されているが、その意志は少年時の詩、「地極の天使」ではもっと激しく直截な表現を採っている。

家族旅行と木箱との過剰は最早、世界をして理知にて笑はしめ、感情にて判断せしむるなり。――われは世界の壊滅を願ふ！

中原には聖性とともに邪悪さがある、と言われることがある。理知での笑い、感情での判断を退廃とする表現は常識の逆転にとどまるとしても、「世界の壊滅を願ふ」とまで言うのは、やはりただごとではない。そこには怒りとともに一種の終末思想が見られる。もしピエロが笑いによって現実を活性化する存在なら、詩人は本当はピエロですらなかったかもしれない。中原のピエロは、どちらかといえば「死の文化」に属しているからである。

しかし詩人は壊滅した世界の再生を夢想していた。「地球が二つに割れゝばいい、／そして片方は洋行すればいい、／すれば私はもう片方に腰掛けて／青空をばかり――／／花崗の巌《いはほ》や／浜の空／み寺の屋根や／海の果て……」（「この小児」）というように。くどいようだが、ここに現れる「空」や「海」のイメージは、人間を包み込み、安らぎをもたらす日本的「自然」のそれではない。「み寺の屋根」という一句によって、それらは形而上的な意味を与えられているのである。

最後に、結びに代えて、「幻影」の全文を引用しておく。此岸と彼岸の境界で救いを待つピエロとしての晩年の中原の自画像は、この詩に尽きていると思われる。特にこのピエロの「どこまでも、やさしさうな」眼差しに。

私の頭の中には、いつの頃からか、
薄命さうなピエロがひとり棲んでゐて、
それは、紗《しゃ》の服かなんかを着込んで、
そして、月光を浴びてゐるのでした。

ともすると、弱々しげな手付をして、
しきりと　手真似をするのでしたが、
その意味が、つひぞ通じたためしはなく、

あはれげな、思ひをさせるばつかりでした。

手真似につれては、唇《くち》も動かしてゐるのでしたが、
古い影絵でも見てゐるやう――
音はちつともしないのですし、
何を云つてるのかは　分りませんでした。

しろじろと身に月光を浴び、
あやしくもあかるい霧の中で、
かすかな姿態をゆるやかに動かしながら、
眼付ばかりはどこまでも、やさしさうなのでした。

（平成十二年二月、城西国際大学教授）

この作品は平成四年七月第三文明社より刊行された。

上田敏訳詩集
海潮音
ヴェルレーヌ、ボードレール、マラルメ……ヨーロッパ近代詩の翻訳紹介に力を尽し、日本詩壇に革命をもたらした上田敏の名訳詩集。

神西清編
北原白秋詩集
官能と愉楽と神経のにがき魔睡へと人々をいざなう異国情緒あふれる「邪宗門」など、豊麗な言葉の魔術師北原白秋の代表作を収める。

島崎藤村著
藤村詩集
「千曲川旅情の歌」「椰子の実」など、日本近代詩の礎を築いた藤村が、青春の抒情と詠嘆を清新で香り高い調べにのせて謳った名作集。

伊藤信吉編
高村光太郎詩集
処女詩集「道程」から愛の詩編「智恵子抄」を経て、晩年の「典型」に至る全詩業から精選された百余編は、壮麗な生と愛の讃歌である。

高村光太郎著
智恵子抄
情熱のほとばしる恋愛時代から、短い結婚生活、夫人の発病、そして永遠の別れ……智恵子夫人との間にかわされた深い愛を謳う詩集。

河上徹太郎編
萩原朔太郎詩集
孤独と焦燥に悩む青春の心象風景を写し出した第一詩集「月に吠える」をはじめ、孤高の象徴派詩人の代表的詩集から厳選された名編。

天沢退二郎編

新編宮沢賢治詩集

自己の心眼と森羅万象との絶えざる交流と融合とによって構築された独創的な詩の世界。代表詩集『春と修羅』はじめ、各詩集から厳選。

河盛好蔵編

三好達治詩集

青春の日の悲しい憧憬と、深い孤独感をたたえた処女詩集「測量船」をはじめ、澄みきった知性で漂泊の風景を捉えた達治の詩の集大成。

亀井勝一郎編

武者小路実篤詩集

平明な言葉、素朴な響きのうちに深い人生の知恵がこめられ、〝無心〟へのあこがれを東洋風のおおらかな表現で謳い上げた代表詩117編。

福永武彦編

室生犀星詩集

幸薄い生い立ちのなかで詩に託した赤裸々な告白――精選された187編からほとばしる抒情は詩を愛する人の心に静かに沁み入るだろう。

亀井勝一郎著

大和古寺風物誌

輝かしい古代文化が生れた日本のふるさと大和、飛鳥、歓びや苦悩の祈りに満ちた斑鳩の里、いにしえの仏教文化の跡をたどる名著。

杉浦日向子著

百物語

江戸の時代に生きた魑魅魍魎たちと人間の、滑稽でいとおしい姿。懐かしき恐怖を怪異譚集の形をかりて漫画で描いたあやかしの物語。

小林秀雄著

Xへの手紙・私小説論

批評家としての最初の揺るぎない立場を確立した「様々なる意匠」、人生観、現代芸術論などを鋭く捉えた「Xへの手紙」など多彩な一巻。

小林秀雄著

作家の顔

書かれたものの内側に必ず作者の人間があるという信念のもとに、鋭い直感を働かせて到達した作家の秘密、文学者の相貌を伝える。

小林秀雄著

ドストエフスキイの生活

文学界賞受賞

ペトラシェフスキイ事件連座、シベリヤ流謫、恋愛、結婚、賭博――不世出の文豪の魂に迫り、漂泊の人生を的確に捉えた不滅の労作。

小林秀雄著

モオツァルト・無常という事

批評という形式に潜むあらゆる可能性を提示する「モオツァルト」、自らの宿命のかなしい主調音を奏でる連作「無常という事」等14編。

小林秀雄著

本居宣長

日本文学大賞受賞（上・下）

古典作者との対話を通して宣長が究めた人生の意味、人間の道。「本居宣長補記」を併録する著者畢生の大業、待望の文庫版！

江戸川乱歩著

江戸川乱歩傑作選

日本における本格探偵小説の確立者乱歩の処女作「二銭銅貨」をはじめ、その独特の美学によって支えられた初期の代表作9編を収める。

ユゴー
佐藤朔訳
レ・ミゼラブル（一〜五）

飢えに泣く子供のために一片のパンを盗んだことから始まったジャン・ヴァルジャンの波乱の人生……。人類愛を謳いあげた大長編。

堀口大學訳
ヴェルレーヌ詩集

不幸な結婚、ランボーとの出会い……数奇な運命を辿った詩人が、独特の音楽的手法で心の揺れをありのままに捉えた名詩を精選する。

高橋健二訳
ゲーテ詩集

人間性への深い信頼に支えられ、世界文学史上に不滅の名をとどめるゲーテの、抒情詩を中心に代表的な作品を年代順に選んだ詩集。

高橋健二編訳
ゲーテ格言集

偉大な文豪であり、人間的な魅力にもあふれるゲーテ。深い知性と愛情に裏付けられた言葉の宝庫から親しみやすい警句、格言を収集。

堀口大學訳
コクトー詩集

新しい詩集を出すたびに変貌を遂げた才気の詩人コクトー。彼の一九二〇年以降の詩集『寄港地』『用語集』などから傑作を精選した。

上田和夫訳
シェリー詩集

十九世紀イギリスロマン派の精髄、屈指の抒情詩人シェリーは、社会の不正と圧制を敵とし、純潔な魂で愛と自由とを謳いつづけた。

バイロン詩集
阿部知二訳

不世出の詩聖と仰がれながら、戦禍のなかで波瀾に満ちた生涯を閉じたバイロン――ロマン主義の絢爛たる世界に君臨した名作を収録。

ハイネ詩集
片山敏彦訳

祖国を愛しながら亡命先のパリに客死した薄幸の詩人ハイネ。甘美な歌に放浪者の苦渋がこめられて独特の調べを奏でる珠玉の詩集。

ヘッセ詩集
高橋健二訳

ドイツ最大の抒情詩人ヘッセ――十八歳の頃の処女詩集より晩年に至る全詩集の中から、各時代を代表する作品を選びぬいて収録する。

ポー詩集
阿部保訳

十九世紀の暗い広漠としたアメリカ文化の中で、特異な光を放つポーの詩作から、悲哀と憂愁と幻想にいろどられた代表作を収録する。

巴里の憂鬱
ボードレール
三好達治訳

パリの群衆の中での孤独と苦悩を謳い上げた50編から成る散文詩集。名詩集「悪の華」と並んで、晩年のボードレールの重要な作品。

ボードレール詩集
堀口大學訳

独特の美学に支えられたボードレールの詩的風土――「悪の華」より65編、「巴里の憂鬱」より7編、いずれも名作ばかりを精選して収録。

中《なか》原《はら》中《ちゆう》也《や》詩《し》集《しゆう》

新潮文庫　な－35－1

平成十二年四月一日発行
平成三十一年三月十日二十三刷

編者　吉《よし》田《だ》凞《ひろ》生《お》

発行者　佐藤隆信

発行所　株式会社新潮社

郵便番号　一六二—八七一一
東京都新宿区矢来町七一
電話 編集部（〇三）三二六六—五四四〇
読者係（〇三）三二六六—五一一一
http://www.shinchosha.co.jp

価格はカバーに表示してあります。

乱丁・落丁本は、ご面倒ですが小社読者係宛ご送付ください。送料小社負担にてお取替えいたします。

印刷・図書印刷株式会社　製本・株式会社大進堂
Printed in Japan

ISBN978-4-10-129021-8 C0192